U0047339

COME SI FA UNA TESI DI LAUREA

LE MATERIE UMANISTICHE

如何撰寫
畢業論文

——給人文學科研究生的建議

安伯托·艾可 著

倪安宇 譯

如何撰寫
畢業論文

目
次

導讀／進入艾可的書房，一窺大師論文寫作的內裡

國立臺灣大學建築與城鄉研究所 畢恆達

安伯托·艾可是何許人也！《傅柯擺》、《玫瑰的名字》等等這些博大精深的小說，台灣的讀者就算沒有讀過，大概也會心嚮往之。在義大利印刷精美的《美的歷史》、《無盡的名單》也讓大家知道，他不只是小說家，更是美學理論家。當然，他的本業是人文科學院的大學教授。一九七七年他寫了《如何撰寫畢業論文：給人文學科研究生的建議》也就不足為奇。令人訝異地倒是，像他這樣世界知名學者寫的教科書，竟然要等到二〇一五年才有英文翻譯本。（中國則是在二〇〇三年就出版中譯本，但是翻譯品質令人詬病。）台灣猜想是跟隨英文版的腳步，在已經有了十幾本他的中譯書籍之後，出版了中譯本。這本遲了四十年的書，台灣的讀者該怎麼閱讀？

先來談一下，他為什麼要寫這本書？義大利大學的師生比過低，老師無法照顧到每一位大學生，然而隨著教育普及，學生來自社會各階層，學位論文這個畢業門檻對很多大學生來說存在諸多困難。這本書就是為這些大學生而寫，除了針對撰寫論文提供建言之外，也期待讀者在寫論文的過程中，培養終生都可受用的解決問題與批判思考的能力。

艾可是文學評論家、符號學家、美學家，因此這本書是寫給人文學科的指引，書中所舉的實例，幾乎都是（義大利）文學、歷史等主題，台灣的讀者會覺得陌生而遙遠。這

本書出版於一九七七年（我正在讀大學）那個還沒有PC（個人電腦）的年代。他使用卡片來整理書目與筆記，我看了心有戚戚焉，但年輕一輩的讀者恐怕會覺得跟錄音帶、VHS錄影帶一樣地難以理解。不過看穿實例與技術的表層，進入論文寫作的內裡，這本大師之作仍有許多可觀之處。

人類學擅長參與觀察、社會學常使用調查與訪談、心理學有測驗與實驗，本書所處理的人文學科則是以書（文本）做為分析對象。不過艾可此書的目的並不在於解釋如何做研究，而是教導論文寫作。當然，論文的結構與形式，人文藝術仍與社會科學有所不同，但是怎麼提出好的發問、蒐集資料、寫作格式等，其背後的基本精神與要求，大都是相通的。這讓我聯想到，電影分析的書籍指出影評撰寫就像樹形（TREE）結構，論點（Thesis）需要使用理由（Reasons）來支持，理由則需要證據（Evidences）與實例（Examples）來支持。《研究的藝術》這本書說，學術研究就是要提出宣稱（Claim），然後用理由來支持宣稱，用證據來支持理由。《報導的技藝》則提出一個漸進式讀者參與法則，包括勾引讀者（前言）、你的故事到底在說什麼（宣稱）、給我看你的邏輯與證據、讓讀者難忘的結局這四個階段。電影、學術研究、文學似乎可以是一家人。

開宗明義，艾可建議學生選擇論文題目要顧及自己的能力，也就是要有興趣、可以取得資料、有足夠知識來分析資料、可以在預期的畢業期限內完成。要認清論文不是教科書，也不是單純資料的剪貼組合。結論是，論文題目宜小而

美而深，不要大而無當。

怎麼搜尋資料呢？艾可做一個有趣的實驗。假想自己是一位各種資源都匱乏的大學生，住在偏鄉小鎮，對研究主題的概念還模糊，指導教授也沒給什麼明確建議，如果有九個小時的時間，可以找到哪些對論文有實質幫助的資訊呢？他從主題分類搜尋開始、查閱百科全書與大辭典，然後快速瀏覽，以書找書，建立了大約有一百本的相關書目。實驗之後，艾可展示了可能是本書最為精彩的內容。他不藏私地與讀者分享他自己的閱讀卡片，除了書目基本資料之外，還包括重要引文，以及自己對這本書籍的看法與評價。這裡要切記，引文一定要標示出現的頁碼，摘錄不能和大意搞混，讀者個人的意見也不能和書籍作者的論點混為一談。這些真實的閱讀卡片，顯示了艾可不只是摘錄，而是大膽給予評價，還對作者質疑發問。例如，在克羅齊的卡片他寫道：「對此論述的反駁可以做為切入點。最後那幾句話是關鍵。」葛倫茲的卡片寫：「不懂他為何如此缺乏歷史感，他太相信長青哲學了！」舍尼的卡片則寫：「只有西班牙哲學家貢狄薩利奴斯說：嘗試＝想像力＝幻想〔亂七八糟！得好好整理一遍〕」。讓我們彷彿進入艾可的書房，偷窺他桌上的筆記。

艾可花了一些篇幅討論書目格式，然而他使用義大利文，我們是中文；他研究的是文學歷史，臺灣的讀者可能來自各個不同的學術領域。他舉出的格式細節，我們無法直接援用。所幸撰寫書目有些共通的道理，例如最好追溯到原典、要區分不同版本、要註明出版社等必要資訊；至

於作者的名字要使用字首還是全名，則依不同學科而異。至於我們如果撰寫中文論文，我則建議使用作者名字的原文，不要翻譯成中文。例如正文引用與參考書目，直接寫Eco, Umberto，而不是艾可。

他也指出，私人信件與個人通訊內容都可以引述，如果不是很重要，可以放入註解，如果至關緊要，就得寫入書目。美國心理學會的寫作指引（APA）也有personal communication這種引用格式，其前提是找不到更為嚴謹的學術資料來源，以及為了給對方credit，不想將他人的想法竊為己有。

最後，艾可指出撰寫論文要知道說話的對象是誰，文中出現的專有名詞要有明確的定義；敢把論文交出，就表示自己已經有充足的準備，因此要使用具有自信的語氣；儘量少用驚嘆號，以免文字貶值；絕對要避免因為忘了加引號而導致抄襲；寫論文絕非一蹴可幾，需要長時間練習，往覆修改多次是必然的過程。

總結而言，這本書出版於四十年前，書中提及的打字、建立卡片等手工業，早就為功能強上不知多少倍的軟體（如Endnote等）所取代。書中使用文學藝術歷史的主題來舉例，讀者如果不是這個專業，可以將焦點放在這些實例背後的基本精神與規則。至於引用、書目等撰寫格式，還是要依照讀者所屬的學科或者投稿期刊的要求，自行轉譯了。學位論文雖然是畢業要求的門檻，但是論文若寫得好，終生受用不盡。

譯者說明

　　如艾可在一九八五年再版作者序中所言，不同國家對畢業論文的要求不盡相同，因此各國出版社在進行譯本編輯作業時，必然會做一定的調整修改。台灣譯本考量艾可撰寫此書的年代是以打字機為寫作工具，且中文、外文書寫模式互異，經義大利出版社同意後，刪減了與標點符號、大小寫、重音標示、定冠詞用法、人名及地名是否改用義大利文譯名等完稿注意事項有關的段落，除此之外整體內容未做任何節略或異動。雖然《如何撰寫畢業論文》自一九七七年出版問世至今，已有四十餘年，文中談及的義大利大學制度歷經多次變革，搜尋書目及文獻資料的方式也隨著科技飛躍與當年截然不同，大幅縮減了空間距離或經濟條件不足形成的重重阻礙，但是諸多細節描述背後代表的是艾可認為撰寫論文學生應該具備的研究態度和精神，故而完整保留。

　　讀者如果期待艾可展現他在雜文集裡一貫的嬉笑怒罵，恐怕會覺得索然無味；如果以為這是可以快速解惑的條列式教科書，只需按圖索驥便能在三個月後交出論文，恐怕也會小小失望。從書名可知，這本書是不折不扣的論文寫作指南沒錯，艾可很認真地、手把手地告訴翻開這本書的每一個讀者論文研究工作的步驟，包括如何設定論文題目、如何面對論文指導教授、如何蒐集篩檢判讀書目文獻資料，以及如何完稿。但他論述的方式一如他的小說風格，鉅細靡遺，偶有

曲折，不急於給答案，但會提出各種假設，並且留白，邀請讀者一起探索思考，找到最適合自己的方案。

　　艾可在書中常舉自己的論文為例。其實他在另一篇文章中曾說，他的指導教授認為他寫論文像做調查一樣，將研究過程的各個階段一一羅列，包括錯誤的線索或被淘汰的假設都不放過，與成熟學者在自我消化後只將最終成果公諸於世的做法迥異。但艾可認為所有研究都應該像說故事一樣「娓娓道來」，在完成研究的同時，也記錄下研究過程的點點滴滴。這種書寫風格不僅滿足了他的創作欲望（他日後的小說作品也充分體現了這種風格），而且一邊書寫，一邊將自己的觀察、思索、嘗試剖開給大家看，是一種不間斷的對話，邀請讀者走進他的研究世界。這是他為人文學科領域論文建立的一種典範，可以為持續向量化傾斜的台灣學術論文書寫提供另一種可能性。

　　所以，這是一本論文寫作指南，是一篇以如何寫論文為題的研究論文，也是以展示敘事結構為書寫主軸的一本後現代文學作品。

一九七七年初版作者引言

一、以前大學屬於精英教育（università di elite）制度，只有大學畢業生的子女才能讀大學。除了少數例外，能夠進大學念書的都是可以完全支配自己時間的人。讀大學本來就該不疾不徐，留一點時間讀書，也留一點時間從事屬於遊方僧侶的「健康」休閒娛樂，或參與具代表性的組織活動。

所謂上課其實是精彩的研討會，有興趣進一步深入的學生可以在課後找教授及助教繼續開討論會，討論會最多十至十五人。

時至今日，仍有不少美國的大學課堂學生人數不超過十至二十人（他們負擔高額學費，只要想跟老師討論時，就有權利「使用」老師）。在牛津大學這樣的學校中，則有兼具「導師」（tutor）身分的教授，負責帶領人數極少的小組做論文研究（一年甚至只收一至二名學生），能夠掌握學生每天的進度。

如果今天義大利也是如此，就不需要寫這本書了，儘管書中某些建議或許對符合上述「理想」條件的學生也有所幫助。

義大利大學是「大眾大學」。學生來自不同社會階層，來自各種類別的中學，很可能在哲學系或文史科系註冊報到的學生畢業自技術型高中，之前從未學過希臘文，甚或連拉丁文也沒學過。雖然拉丁文對多數學習活動而言並無助益，

但是對哲學或文學領域研究仍然十分有用。

有些課堂的學生多達上千名，教授頂多只能認識三十名出席率較高的學生，在助理（領獎助學金的學生、工讀生或實務課程助理）協助下，能督促大概百名學生的學習情況。這當中有許多學生經濟條件優渥，出身良好家庭，與主流文化圈有所接觸，可以參加戶外教學及藝術或戲劇相關活動，可以出國增廣見聞。然而還有**其他**學生。有的學生必須半工半讀，每天困坐在僅有一萬人口的小鎮戶政事務所上班，小鎮只有文具行，沒有書店。有的學生對大學感到失望，索性投身政治（按：係指六八年義大利學運，爭取學制改革），進行另外一種自學。但是最終他們仍然必須遵守繳交畢業論文的規定。有的學生家境清寒，選課前必須先計算教科書的成本，告訴自己「拿到這門課的學分要花一萬兩千里拉」，然後在互通有無的兩門課程中選擇成本較低的那門課。有的學生偶爾來上課，在人滿為患的教室裡找不到空位，下課後想找老師問問題但是前面有三十個學生在排隊，而他住在外地，無力負擔旅館住宿費用，必須去趕火車。有的學生從來沒有人告訴過他如何在圖書館找書，在哪一間圖書館找書，他往往不知道在自己住的城市裡就有可能借到需要的書，或是連如何辦理借書證也不知道。

本書主要是為這些學生提供建議。自然也適用於準備升大學、想知道論文究竟是怎麼回事的高中生。

本書對大家提出的建言有二：

・就算你以前或現在因條件不如人而覺得處境艱難，也同樣可以寫出恰如其分的論文。

・可以利用寫論文的機會（儘管大學讓你感到失望或挫折）找回學習的正面積極意義。寫論文不只是統整概念，也是對經驗做出批判性闡述；培養釐清問題的能力，有方法地解決問題，並運用某些溝通技巧將問題一一呈現（你將終身受用）。

二、因此本書並不打算解釋「如何做研究」，也無意從理論、批判角度探討學習的價值，只著重於如何將一份符合規定的實體論文帶到考試委員會面前，有一定的頁數，而且主題跟畢業科系的領域有關，不會讓指導教授痛心疾首、瞠目結舌。

本書不會告訴你論文寫什麼，那是你自己的事。這本書要告訴你的是：（一）論文是什麼；（二）如何選擇論文題目、分配時間；（三）如何搜尋參考書目；（四）如何運用你找到的資料；（五）如何呈現研究成果。最後這一點很可能是致命傷，看似無關緊要，卻是唯一有清楚規範的。

三、本書針對的是人文學科畢業論文。因為我的經驗主要涉及文史科系及哲學系，所以大多案例都與這兩學門研究的議題有關。不過我在本書提出的準則也適用於政治、教育和法律學科的一般性論文。如果論文是走歷史研究或一般性理論研究路線，無關乎實驗及實務操作，那麼這本書建議的

模式也適用於建築、經濟、貿易和某些理科科系。不過請勿過度依賴。

四、這本書付梓之時，義大利正在討論大學改制，要將現行的大學學位分成二至三個等級。

要思考的是這個改革會不會徹底改變畢業論文的概念。

如果未來有不同級別的學位，如果未來採用大多數國外現行的學制，那麼就會遇到類似第一章〔1.1〕描述的情況。也就是說未來論文會分成大學畢業論文〔第一級畢業論文〕和博士研究論文〔第二級畢業論文〕。

這本書的建議適用於上述兩者，如果有所區別，會特別說明。

我認為即便未來推動大學改制成功，下文談的內容仍然適用，特別是從現行制度過渡到改革拍板定案之間這段漫長的等待期。

五、文學評論家伽薩雷·瑟葛雷看過我的手稿後給了我一些建議。其中諸多建議讓我獲益良多，但有些地方我保留了原本的看法。我對他衷心感謝，這本書若有任何缺失，責任在我。

六、再次提醒。這本書接下來凡提及學生或老師，都同時包括男學生、女學生、男老師和女老師。所有「他」亦泛指他與她。無關性別歧視。

一九八五年再版作者序

一、這次再版，與初版問世相隔八年。我最初之所以寫這本書，是為了避免每次都要跟學生重複同樣的叮嚀，之後這本書便漸漸廣為流傳。我要感謝所有持續向學生推薦這本書的同儕，更要感謝那些偶然間發現這本書後寫信告訴我說因為受到此書鼓舞，總算開始動筆寫論文或將中斷論文接續寫完的延畢學生。我不知道讓義大利大學畢業生人數增長是好是壞，反正事情已經發生了，我總歸是有一定的責任。

雖然當時撰寫此書考量的是人文科系需求，而且是以我在大學文學院任教的經驗為本，但我發現其實這本書幾乎任何人都適用，因為我的重點在於寫論文要有怎樣的心理準備，要用理性、有條不紊的方法執行，並未對論文內容多所著墨。因此這本書的讀者包括不在大學就讀或尚未進入大學就讀的人，甚至包括準備寫研究計畫或做學期報告的中學生。

《如何撰寫畢業論文》被翻譯成各國語言，那些國家對於論文的要求不盡相同。想當然耳，不同國家的編輯對這本書都做了一些調整，但似乎整體而言仍維持了原本的論述，這一點我並不意外。因為不管研究工作的複雜程度如何，想要完成高品質研究必須遵循的準則放諸四海皆然。

我著手寫這本書的時候，義大利大學改革仍在進行中。我在初版引言中談到這本書的建議不僅適用於傳統的大學學

位論文，也適用於未來改革後分級出來的博士學位論文。想來我當年頗有先見之明，即便是今天，我依然會推薦這本書給博士班學生（我當然希望讀到博士班的學生早已學會我在書中列舉的事項，不過世事難料）。

二、在初版引言中，我談到義大利大學面臨種種困境，因此這本書對數以千計不得不放棄論文的學生而言很有幫助。今天我其實寧願將這本書的庫存送進回收站，也不願它再版。只可惜困境依舊，我只好重申之前說過的話。

以前大學屬於精英教育制度，只有大學畢業生的子女才能讀大學。除了少數例外，能夠進大學念書的都是可以完全支配自己時間的人。讀大學本來就該不疾不徐，留一點時間讀書，也留一點時間從事屬於遊方僧的「健康」休閒娛樂，或參與具代表性的組織活動。

所謂上課其實是精彩的研討會，有興趣進一步深入的學生可以在課後找教授及助教繼續開討論會，討論會最多十至十五人。

時至今日，仍有不少美國的大學課堂學生人數不超過十至二十人（他們負擔高額學費，只要想跟老師討論時，就有權利「使用」老師）。在牛津大學這樣的學校中，則有兼具「導師」（tutor）身分的教授，負責帶領人數極少的小組做論文研究（一年甚至只收一至二名學生），能夠掌握學生每天的進度。

如果今天義大利也是如此，就不需要寫這本書了，儘管

書中某些建議或許對符合上述「理想」條件的學生也有所幫助。

義大利大學是「大眾大學」。學生來自不同社會階層，來自各種類別的中學，很可能在哲學系或文史科系註冊報到的學生畢業自技術型高中，之前從未學過希臘文，甚或連拉丁文也沒學過。雖然拉丁文對多數學習活動而言並無助益，但是對哲學或文學領域研究仍然十分有用。

有些課堂的學生多達上千名，教授頂多只能認識三十名出席率較高的學生，在助理（領獎助學金的學生、工讀生或實務課程助理）協助下，能督促大概百名學生的學習情況。這當中有許多學生經濟條件優渥，出身良好家庭，與主流文化圈有所接觸，可以參加戶外教學及藝術或戲劇相關活動，可以出國增廣見聞。然而還有其他學生。有的學生必須半工半讀，每天困坐在僅有一萬人口的小鎮戶政事務所上班，小鎮只有文具行，沒有書店。有的學生對大學感到失望，索性投身政治（按：係指六八年義大利學運，爭取學制改革），進行另外一種自學。但是最終他們仍然必須遵守繳交畢業論文的規定。有的學生家境清寒，選課前必須先計算教科書的成本，告訴自己「拿到這門課的學分要花一萬兩千里拉」，然後在互通有無的兩門課程中選擇成本較低的那門課。有的學生偶爾來上課，在人滿為患的教室裡找不到空位，下課後想找老師問問題但是前面有三十個學生在排隊，而他住在外地，無力負擔旅館住宿費用，必須去趕火車。有的學生從來沒有人告訴過他如何在圖書館找書，在哪一間圖書館找書，

他往往不知道在自己住的城市裡就有可能借到需要的書，或是連如何辦理借書證也不知道。

本書主要是為這些學生提供建議。自然也適用於準備升大學、想知道論文究竟是怎麼回事的高中生。

本書對大家提出的建言有二：

・就算你以前或現在因條件不如人而覺得處境艱難，也同樣可以寫出恰如其分的論文。

・可以利用寫論文的機會（儘管大學讓你感到失望或挫折）找回學習的正面積極意義。寫論文不只是統整概念，也是對經驗做出批判性闡述；培養釐清問題的能力，有方法地解決問題，並運用某些溝通技巧將問題一一呈現（你將終身受用）。

三、因此本書並不打算解釋「如何做研究」，也無意從理論、批判角度探討學習的價值，只著重於如何將一份符合規定的實體論文帶到考試委員會面前，有一定的頁數，而且主題跟畢業科系的領域有關，不會讓指導教授痛心疾首、瞠目結舌。

本書不會告訴你論文寫什麼，那是你自己的事。這本書要告訴你的是：（一）論文是什麼；（二）如何選擇論文題目、分配時間；（三）如何搜尋參考書目；（四）如何運用你找到的資料；（五）如何呈現研究成果。最後這一點很可能是致命傷，看似無關緊要，卻是唯一有清楚規範的。

四、文學評論家伽薩雷‧瑟葛雷看過我的手稿後給了我一些建議。其中諸多建議讓我獲益良多，但有些地方我保留了原本的看法。我對他衷心感謝，這本書若有任何缺失，責任在我。

五、這本書接下來凡提及學生或老師，都同時包括男學生、女學生、男老師和女老師。所有「他」亦泛指他與她。無關性別歧視。

六、自從此書出版之後，我遇到幾件事實在讓人匪夷所思。舉例來說，我有時會收到學生來信，信中寫道：「我要寫一篇關於某某議題的論文」（議題範圍無邊無際，老實說，其中有一些真的讓我感到十分困惑），「不知您是否願意無私地提供我一份完整參考書目，以便我進行論文研究工作？」顯然這些學生沒看懂這本書，或誤以為我是魔法師。《如何撰寫畢業論文》希望教會每一個人獨立作業，而不是像義大利諺語所說，教會大家如何坐享其成。開口向我索取書目的學生不懂完成一份參考書目是需要花時間的，我就算想要滿足他們其中任何一個人的要求，也得耗費數個月或甚至更長的時間。我如果真的那麼閒，肯定會找到消磨時間更好的方法。

七、我還想談談發生在我身上最特別的一件事，跟這本書第四章第二節之四｛4.2.4｝的「學術的謙卑」有關。我在

這個章節寫道，不應貶抑任何人的任何貢獻，因為最精闢的看法未必都來自大師等級的作者。我以自己的故事為例：我寫畢業論文的時候，在一本了無新意的小書中找到一個關鍵想法，解決了一個棘手的理論問題。這本小書是我在市集舊書攤上買的，作者是某位瓦萊修士，一八八七年出版。

《如何撰寫畢業論文》出版後，義大利文學評論家貝尼亞米諾・帕拉齊多（Beniamino Placido）在《共和報》上發表了一篇情文並茂的書評（一九七七年九月二十二日刊登）。他認為我把做研究遇到的偶發狀況包裝成童話故事人物在森林裡迷路的情境。在童話故事裡，或蘇聯形式主義學者普洛普（V. Y. Propp）提出的理論中，書中人物迷路後都會遇到一位「慷慨解囊者」，贈與他「神奇的鑰匙」。儘管研究工作確實是一場冒險沒錯，但帕拉齊多倒是沒有從這麼古怪的角度詮釋我的親身經歷，不過他言下之意是我為了撰寫屬於我的童話故事，虛構了瓦萊修士這個人物。後來我遇到帕拉齊多，告訴他說：「你錯了，瓦萊修士真有其人，至少是曾有其人，而且他的書還在我家裡。我上次翻開他的書是二十多年前，但是我有很不錯的視覺記憶，所以時至今日我依然記得我找到關鍵想法的那一頁，我還在頁緣用紅筆寫了一個驚嘆號。等你來我家，我就把現在無人不曉的瓦萊修士那本名聞天下的書找出來給你看。」

說到做到。他去了我家，我倒了兩杯威士忌，然後爬上小樓梯尋找我記得二十年前放在書架頂層那本與我有命定羈絆的小書。我找到書，撢去灰塵，心情激動地再次翻開它，

尋找同樣與我有命定羈絆的那一頁，然後我看到了頁緣那個美麗的驚嘆號。

我把那一頁拿給帕拉齊多看，並且把惠我良多的那段文字朗讀出來。我讀完一遍，又再讀一遍，結果我傻了。瓦萊修士根本沒有提過我認為是他提出的那個想法，也就是說他從來沒有把判斷理論跟美的理論做過任何連結，自然也沒有提出過讓我茅塞頓開的創見。

瓦萊寫的東西完全不相干。是我在閱讀那本書的時候，從他的字裡行間接收到某種神秘刺激，是我自行做出了那個連結，但因為我正在那本書上畫重點，所以產生了混淆，把功勞歸於瓦萊。二十多年來我對這位年邁修士心存感恩，但他其實什麼都沒有給我。是我獨力製造了那把神奇鑰匙。

事實真是如此？那個想法真的要歸功於我自己？問題是我如果沒讀過瓦萊那本書，很可能就不會冒出那個想法。或許瓦萊修士不是那個想法的父親，但是可以說，他絕對是那個想法的助產士。瓦萊修士沒有平白送給我任何禮物，然而他讓我持續動腦，換句話說，是他刺激我思考。而我們期望老師做的，不就是激發我們創意發想嗎？

我回想這個插曲的同時，察覺到作為讀者的我曾多次將某些想法歸功於作者，但他們只不過啟發我深入探究，也曾多次認定某些想法是我的，直到再度翻開多年前讀過的書，才發現那個想法或其核心概念其實來自某位作者。我將功勞（張冠李戴）歸於瓦萊修士之際，也欠下諸多債務忘記償還……。我想這個故事的意義跟《如何撰寫畢業論文》書中

提出的論點並無二致：研究是一趟神祕的冒險之旅，能激發熱情，也保留了許多驚喜。參與其中的不是個人，而是一整個文化，因為想法有時候會自由來去，居無定所，消失後再現。以此角度觀之，想法很像是插科打諢的笑話，每次有人拿出來說，都會變得更好。

因此我決定保留我對瓦萊修士的感激之情，因為他確實是一位神奇的慷慨解囊者。所以，或許已經有人注意到，我讓他在《玫瑰的名字》小說中擔任關鍵角色。瓦萊修士這個名字出現在作者序第一行，神秘又神奇的他這次當真慷慨解囊，提供我們一本遺失的手稿，同時隱喻讓書籍互相對話的圖書館。

我不確定這個故事有何寓意，但我至少能說出一個，而且頗為動人。我希望我的讀者在他們的人生中能找到許多瓦萊修士，也希望我自己能成為某人的瓦萊修士。

一九八五年二月·米蘭

第一章

論文是什麼，有何用處

.TXT

1.1__為什麼必須寫論文，論文是什麼

　　論文是一份精心完成的研究報告，平均長度在一百頁至四百頁之間，學生以此報告探討他意欲取得之學位相關領域的某個議題。根據義大利法律，要取得大學學位，必須完成論文。當學生考完所有規定的考試，得向考試委員會做論文報告，委員會聆聽指導教授（跟進學生論文撰寫的教授）和一或多名共同指導教授的意見，及指導教授對考生提出的質疑後，所有委員會成員可以參與接下來的答辯討論。根據指導教授對論文品質的認可（或指正）、考生能否清楚陳述論文觀點，委員會可做出判斷，再評估考生歷來所有考試成績的平均分數後，給論文打分數，最低分為六十六分，最高分為一百一十分或一百一十分⁺。這是大致人文科系遵循的論文審定規則。

　　以上雖然解釋了論文相關的外在條件和考試程序，但對論文本質並未多做說明。首先要問的是，為什麼義大利大學規定必須繳交論文才能取得學位？

　　要知道，國外許多大學並沒有這項規定。有些大學將學位分成不同等級，不需要寫論文便能取得畢業資格。有些大學有第一級學位，基本上等同於義大利的大學學位，不得授予博士頭銜，只需要考完所有考試，繳交一份簡單的報告即可。有的大學則有不同等級的博士學位，需要學生完成完整度要求不一的報告……。一般而言，真正的論文是指博士論文，只有未來打算專攻學術研究的學生才非寫不可。這類博

士學位有不同名稱，但接下來本書提及「博士」指的都是英語系國家常用的簡稱PhD（Philosophy Doctor，字面意思為哲學博士，泛指人文領域的博士學位，從社會學到希臘文學等等。非人文領域的博士學位會有其他縮寫，例如醫學博士MD，Medicine Doctor）。

這些國家在博士學位之外，還有跟現行義大利大學制度中十分接近的學位等級，我們姑且稱之為「本科（Licenza）」學位。

本科學位也有不同類型，皆以專業實務能力為主。博士學位則是做學術研究，因此拿到博士學位的人幾乎沒有例外都會留在大學體系內發展。

學術型大學談及論文，指的多是博士論文，是「創意獨具」的研究工作，讓論文作者藉以證明身為學者的他有能力在所投入的領域中向前邁進。因此，這種論文自然不像義大利大學的畢業論文，能在二十二歲的時候完成，而是等年紀較長，四十歲或五十歲的時候完成（當然也有人年紀輕輕就拿到博士學位）。為什麼需要如此長的時間？因為那必須是「創意獨具」的研究，需要知道其他學者對同一議題說過什麼，更需要「發現」其他人還沒說過的。所謂「發現」，特別是人文領域的「發現」，不要以為是核分裂、相對論，或是能治癒某種癌症的醫藥之類石破天驚的發明。人文領域的「發現」很可能微不足道，包括閱讀、解析古典作品的新方法，確認某本手稿的歸屬，因此讓某位作家的人生傳記重新受到矚目，或是重新整理、詮釋前人的研究，讓分散在

不同文本中的理念得以成為一個成熟的系統。總而言之，就理論上來說，人文領域的論文研究成果應該提出新的見解，讓同支的其他學者無法視而不見（見第二章第六節之一〔2.6.1〕）。

義大利大學的畢業論文屬於這個性質嗎？未必。由於義大利的畢業論文多完成於學生二十二歲至二十四歲之間，而且同一時間還得準備考試，所以不能算是經過長時間深思熟慮的成果，或是學習成熟的證明。因此有些大學的畢業論文（若學生才華洋溢）可以被視為博士論文，但是其他論文則完全不在同一個等級。義大利大學也無意不計代價追求學術型論文，好論文未必非得是研究型論文，也可以是「編纂」得宜的論文。

學生可以藉由「編纂」型論文簡單展現他對大多數現今「論述」（即同一個議題的相關出版品）是具有批判觀點的，而且有能力予以清楚呈現，並嘗試連結不同觀點，勾勒出讓人一目了然的全貌，說不定能為研究相關課題的某位專家提供有用的資訊，因為他在那個特定問題上從未做過深入探討。

這是第一個關於論文的說明：可以寫編纂型論文或研究型論文，也就是說可以寫本科等級的論文，也可以寫博士等級的論文。

研究型論文通常需要花較長時間，而且耗費心力。編纂型論文也可以花很長時間，耗費心力（有些編纂工作的確需要多年時間才能完成），但是一般來說所需時間相對較短，

風險也比較低。

撰寫編纂型論文的人將來未必就不能走研究這條路。編纂工作可以是年輕研究員開始獨力研究之前的嚴謹準備階段，釐清想法的同時予以整理記錄。

反之，有些論文自許為研究型論文，但是做得太草率，寫得不知所云，讓看的人火冒三丈，寫的人也毫無收穫。

所以如何在編纂型論文和研究型論文之間做選擇，全賴論文作者的成熟度和工作能力，而且往往（很不幸的）也跟個人經濟條件有關。因為必須半工半讀的學生能支配的時間較少，能投注的心力較少，而且也沒有足夠金錢支持長時間的研究工作（包括花錢買昂貴的稀珍圖書、造訪國內外的研究中心或圖書館等等）。

很遺憾，這本書無法針對經濟問題提供任何建議。直到不久前，從事研究工作仍是少數有錢學生的特權，全世界皆然。雖然今天有學習獎學金、旅遊獎學金、外國大學住宿補助等等，但並不能解決所有人的問題。最理想的模式是在一個公平正義的社會裡，讀書是由國家付費的一種勞動，凡是真心想讀書的人可以獲得酬勞，而且無論是找工作、晉升職位、參加國家考試爭取公職等，「文憑」那張紙都不再不可或缺。

然而義大利社會，以及做為社會縮影的大學現況並非如此，我們只能希望來自各個社會階層的學生都能完成學業，而不需要付出沉重的代價，在了解有哪些方式可以完成恰如其分的論文的同時，計算可以支配的時間和心力，釐清個人

志向。

1.2__誰會對這本書有興趣

　　既然現況如此，我們只得假設有許多學生為了能夠儘快取得學位從大學畢業，「不得不」寫論文，而且其中不乏已經屆滿四十歲的老學生。這些學生想知道的是如何在「一個月內」完成論文，不管拿到怎樣的成績，只要能離開大學就好。我必須直截了當地說，這本書「不是為了他們寫的」。如果這是他們的需求，如果他們是荒謬法律制度下的犧牲品，非得取得高等教育學位才能解決經濟上的燃眉之急，應該優先考慮以下兩種做法：一、花錢找人代筆寫論文；二、抄襲數年前畢業自另一所大學的學生所發表的論文（不建議抄襲已經付梓的論文，包括外語發表的論文在內，因為只要老師消息還算靈通，勢必會知道該論文存在。但是在米蘭抄襲西西里卡塔尼亞大學的論文，有很大的機率安然無事。不過，自然得了解自己的論文指導教授在米蘭任教之前是否在卡塔尼亞教過書。嚴格說起來，就算抄襲也得事前做好研究工作）。

　　可想而知，上述兩個建議都是違法的。就好像跟人家說「你如果受傷了，但是急診室醫生不肯幫你醫治的話，就拿刀抵著他的喉嚨威脅他」一樣。這兩種做法都是狗急跳牆。之所以會給予如此荒謬的建議，是為了重申這本書並不奢望解決社會結構和現行法律的問題。

這本書的對象（不需要是百萬富翁，或跑遍全世界旅行後還有十年時間慢慢熬畢業的人）是每天都有可能花數小時時間念書，期許寫出來的論文能夠讓自己智性上得到滿足、且畢業後還能派上用場的人，設定努力的目標，即便目標並不宏偉，也希望能得到**嚴謹**成果的人。包括收集資料的態度也很嚴謹：先設定收集主題，確立收集資料準則和資料的時間範圍。如果決定最早時間以一九六○年為準，那麼就要把一九六○年直至今天為止的資料都收集齊全。這種資料收集工作自然無法跟羅浮宮相比，不過與其經營一間敷衍了事的博物館，不如認真收集一九六○年到一九七○年所有的足球球員卡。這個原則也適用於論文。

1.3__論文在畢業後如何派上用場

讓畢業論文日後也能派上用場有兩個方法。第一，設定你的論文是一個更龐大的研究計畫初階作業，好在日後繼續研究，當然前提是你有把握，也有此意願。

還有第二種方法。如果你的論文題目是《從曼佐尼的《菲爾摩和盧琪婭》到《約婚夫婦》》，地方旅遊觀光局局長肯定受益匪淺。事實上寫論文的步驟無非是（一）確立論文題目；（二）收集與題目相關的資料；（三）整理收集到的資料；（四）根據收集到的資料重新檢視題目；（五）以前述所有想法為本建立一個初步架構；（六）讓閱讀的人能夠理解你要說什麼，而且他如果有需要的話，能夠回溯同一

批資料進行同一題目的研究。

寫論文意味著學會釐清自己的想法、整理資料，那是一種講求方法的工作經驗，也可以說是建立一個大體上能夠再被他人所用的課題。所以**重要的不是論文題目，而是寫論文讓你累積的工作經驗**。懂得收集曼佐尼小說兩個版本相關資料的人，自然知道如何收集旅遊觀光局局長需要的資料。以我為例，我已經出版了十本主題各異的書，其實我之所以能寫出後來那九本，是因為懂得善用寫第一本書時所累積的經驗，而我出版的第一本書正是我的論文。沒有第一份工作，我就學不會做後面的工作。所以，不論好壞，後面的做事方式會受第一次經驗的影響。或許隨著時間，影響愈來愈淡，懂的東西愈來愈多，但是操作方式永遠擺脫不了剛開始懵懂無知時磨練出來的做事方法。

再不濟，也可以把寫論文當作一種記憶力訓練。要想像老年人一樣記憶力絕佳，對往事如數家珍，必須從年輕的時候開始練習。練習記憶的內容可以是足球比賽甲組所有球隊的隊員名單、卡爾杜奇的詩或是從奧古斯都到羅慕路斯・奧古斯都歷任西羅馬帝國的帝王姓名。既然要做這個練習，當然最好選擇記憶我們感興趣或有用的東西，不過有時候學會無用的東西也是不錯的練習。所以，論文題目是我們喜歡的固然好，但是相較於工作方法及經驗累積，論文題目其實是次要的。

更何況，只要認真做，沒有任何題目是不值得做的。只要認真做，即便是看似冷僻、過時的題目，也有可能得出有

用的結論。馬克思的大學論文與政治經濟學無關，他研究的是兩位希臘哲學家：伊比鳩魯和德謨克利特。或許馬克思能夠以我們所知的無窮精力思索歷史和經濟問題，正是因為他在思索那兩位希臘哲學家的時候找到了方法。面對寫論文時野心勃勃想研究馬克思，之後卻向資本主義大型企業人事處報到的莘莘學子，要審視的是他們對於論文題目的實用性、時效性和努力抱持怎樣的態度。

1.4__四個準則

有時候，學生的論文題目是老師指定的。這種案例我們不談。

這裡說的當然不是學生請老師建議論文題目的那些案例，而是老師居心不良的那種（見第二章第七節〔2.7〕如何避免被論文指導教授剝削？）；或學生缺乏興趣，只求能儘快交出論文，不在意論文品質好壞的案例。

要談的是假設學生有一定的興趣，指導教授也願意協助他釐清需求的情況。

在這個情況下，選擇論文題目有四個準則：

一、**題目與學生的興趣相符**（跟他的考試科目、閱讀好惡及政治、文化、宗教傾向有關）。

二、**資料唾手可得**，意即學生可以輕鬆找到相關研

究素材。

三、**資料易於掌控**，意即學生的文化程度能夠消化相關研究素材。

四、**研究方法與學生的經驗值相去不遠。**

上述四個準則看似了無新意，也可以濃縮為「想要寫好論文，切記寫你能力所及的論文」。然而事實如此。有些論文之所以不幸夭折，正是因為沒有用這四個顯而易見的準則找出最初的問題。[1]

接下來的章節，我會試著提供幾個建議，以讓學生寫出他知道怎麼寫、而且有能力寫的論文。

第二章

選擇論文題目

.TXT

2.1__專題型論文或綜述型論文？

通常學生剛開始會想寫一篇包羅萬象的論文。如果他對文學感興趣，第一個念頭就是把論文題目訂為《談今日文學》。之後為了縮小範圍，會改為《從戰後到六○年代的義大利文學》。

訂下這種論文題目非常危險。就算是再成熟的學生，也會在面對這樣的論文題目時感到驚慌失措。如果是二十多歲的學生，這種挑戰根本不可能成功。他或許能寫出充滿人名和主流評介但缺乏厚度的論文，也說不定他能提出自己的創見，但是永遠會被貶抑為令人無法原諒的淺顯之作。偉大的當代文學評論家強法蘭克‧孔提尼在一九五七年出版《十九、二十世紀的義大利文學》（桑索尼出版社）一書，足足有四百七十二頁，但如果那是畢業論文，肯定會被當掉。理由是他出於疏忽或無知，並未提及許多人認為非常重要的某些名字，或是他竟然將花了一整章的篇幅介紹「小咖」作家，卻只用短短幾句註解輕描淡寫帶過大家公認的「大咖」作家。想當然耳，孔提尼這樣一位眾所周知的學者不但熟知歷史，而且評論犀利，會做此有失偏頗的取捨不會是無心之過，就評論角度而言，無視於某人的存在比用一整頁文字表達對他的鄙夷之意更有說服力。可是如果一名二十二歲的學生這麼做，誰能保證他是刻意保持沉默，省略不寫是因他在別處已經寫過諸多評論，所以明明可以寫卻不寫呢？

寫這類論文的學生往往會指責考試委員未能看出背後端倪，問題是考試委員不可能看出背後端倪。過於綜述導向的論文大多是學生自視過高的結果。倒不是說在論文中表現出學術上的自負多麼不可取。我們可以批評但丁是很糟糕的詩人，但是得先用至少三百頁篇幅對但丁的作品做嚴謹分析。然而綜述型論文做不到這一點，因此學生最好避免《從戰後到六〇年代的義大利文學》這樣的論文題目，另做更謙遜的選擇。

　　我直接告訴你們論文的理想標題吧。不是《費諾尤的長篇小說》，而是《費諾尤長篇小說《游擊兵強尼》的不同版本比較》。很無聊？或許是很無聊，但是做為挑戰，其實更有趣。

　　仔細想想，這麼做才是明智之舉。研究橫跨四十年文學史的綜述型論文，會讓學生置身於各種批判質疑之中。指導教授或考試委員會任何一名委員怎麼忍得住不讓別人知道他知道學生沒有提到的某位小咖作家呢？只要每一位考試委員打開論文目錄，指出三個被遺漏的人名，學生就會成為眾矢之的，而他的論文將淪為失蹤人口清冊。反之，如果學生認真研究一個明確的主題，就能掌握大多數委員不知道的資料。我不是建議大家玩廉價小手段，或許是小手段沒錯，但是絕不廉價，因為這麼做一點也不輕鬆。口試的學生努力以專家之姿，站在沒有他那麼專業的觀眾面前，而既然他花了力氣才變成專家，自然有權利享受努力後的成果。

　　在橫跨四十年文學史的綜述型論文和研究短篇小說不同

版本的專題型論文這兩個極端之間，還有很多中間選擇。題目可以是《六〇年代的新前衛文學》，或是《帕維瑟和費諾尤作品中北義朗格區的意象》，也可以是《三位奇幻作家薩維尼歐、布扎第和郎多菲的異同》。

有一本小書談及理科論文如何選題，跟我們說的情況很類似，所有學科都適用：

> 舉例來說，以「地質學」為論文題目，顯得過於空泛。以地質學相關研究「火山學」為題，仍然太過籠統。但如果從「墨西哥的火山」出發，就有機會發展成很不錯的議題，不過恐怕還是流於表面。再進一步限縮範圍的話，可以找到很值得做的題目，例如《墨西哥波波卡特佩特火山史》（西班牙殖民者埃爾南‧科爾特斯很可能在一五一九年攀登過波波卡特佩特火山，這座火山僅在一七〇二年有過一次大爆發）。或是另外一個題目《帕里庫廷火山的生與死》，範圍更小，橫跨的時間也更短（從一九四三年二月二十日到一九五二年三月四日）。[2]

我傾向最後那個論文題目。只要學生能夠鉅細靡遺說出那座該死的火山所有事情就好。

之前有一個學生來找我，說他要寫的論文題目是《當代思潮符號》。這種論文根本不可能寫得出來。至少我就不知道他的「符號」指的是什麼。這個名詞會隨作者不同而有不同意義，若出自兩個作者，也可以是完全相反的意思。對邏輯學家或數學家而言，「符號」是沒有意義的，只是在一

個算式的特定位置上有其明確功能的代號（就像代數裡面的 a、b，或x、y）。對其他人而言，符號充滿了曖昧不明的意義，就像夢境中的畫面，可以指涉一棵樹，或是性器官，或是成長的欲望等等。所以這種題目的論文要怎麼寫呢？得先分析當代文化中關於符號這個詞的所有詞義，整理這些詞義的相同與相異之處，看看能否在相異處找出每位作者及其理論共通的基本觀點，不至於讓這些作者提出來的理論彼此相悖。截至目前為止還沒有任何一位當代哲學家、語言學家或精神分析學家能夠就此議題做出令人滿意的成績，那麼一個初出茅廬的學生，即使他聰慧過人，最多也只累積了六到七年的成熟閱讀經驗，又怎麼可能做得到呢？他或許可以做一個局部言之有理的論述，那麼問題就回到之前孔提尼寫義大利文學史的那個例子。不然他也可以不顧其他人說過什麼，提出關於符號的個人理論。這個選擇是否可行，我們在第二章第二節﹛2.2﹜再進一步闡述。我跟這個學生討論後，覺得論文方向可以是研究佛洛伊德和榮格的符號，撇開所有其他詞義不談，單純就這兩位精神分析大師做比較。但是後來發現這個學生不懂德文（關於外語問題，我們會在第二章第五節﹛2.5﹜說明），於是我們決定設定論文題目為《帕爾斯、

原註2：C.W. Cooper及E.J. Robins，*The Term Paper - A Manual and Model*，史丹福大學出版，第四版，1967年，p.3。

弗瑞及榮格的符號觀念》。這篇論文將探討這三位分別是哲學家、評論家、心理學家的學者對符號這個詞的不同看法，並列舉出他們在諸多論述中誤將某個人對符號意義的說法冠上了另一個人的名字。等到論文結語，學生會提出一個假設性的總結，說明不同領域對同一名詞的詞義解釋是否相似，如何相似，並暗示這樣的情況可能也出現在其他作者身上，只是受限於論文篇幅，他無意也無法一一陳述。沒有人能夠質疑他為什麼沒有討論作者K，因為題目開宗明義說了只討論X、Y、Z，也沒有人能責怪他提到作者J的時候只引用了譯文，因為那不過是佐證。換句話說，這篇論文很樂於延伸做進一步研究，不過最原始的出發點只打算討論標題上那三位。

於是一篇綜述型論文在沒有變成專題型論文的情況下，適度地縮減了研究範圍，而且大家都能接受。

必須說明的是，所謂「專題」其實可以比我們截至目前為止所舉的例子更寬廣。所謂專題是指處理單一議題，既然如此，便與「XX史」、教科書和百科全書背道而馳。因此《論中世紀作家筆下的「顛倒世界」》也是專題型論文題目。雖然研究的作家為數眾多，但僅從特定觀點出發（一如標題所言，那是一個謬論或寓言意象的假說，魚在空中飛，鳥在水裡游等等）。如果寫得好，會是很精彩的專題型論文。不過要能寫得好，必須知道所有曾經處理過這個主題的作家，特別是那些無人聞問的小咖作家。因此這種論文應該被歸類於介在專題型和綜述型之間，而且很難寫，需要讀很

多書。如果真的想寫這類題目，必須縮小範圍，例如《論卡洛林王朝時期詩人筆下的「顛倒世界」》。縮小了範圍，就知道要抓什麼，放什麼。

寫綜述型論文當然比較刺激，因為如果要花一年、兩年，甚或三年時間在同一位作家身上，感覺確實無聊。不過，寫一篇嚴謹的專題型論文並不代表不需要具備宏觀視野。想研究費諾尤的小說，要熟知他的創作背景是義大利寫實主義，要延伸閱讀帕維瑟和維多里尼，還要對費諾尤喜愛並親自翻譯的那些美國作家有所了解。唯有將作者放入大的時代脈絡中，才能懂他，說清楚他。不過將時代脈絡當作背景是一回事，勾勒時代脈絡則是另一回事。就像以有河流的鄉間風光為背景，替某位男士畫肖像是一回事，以田野、山谷及河流作畫則是另外一回事。要改變的不只是技法，用攝影專業術語來說，要改變的還有焦距。若以單一作者為焦點，背景就有可能輕微失焦、不完整，或是涉及二手資料。

結論是，請記住這個基本原則：**範圍縮得愈小，就愈容易工作，也愈有把握**。專題型論文優於綜述型論文。寫論文寧願寫成一篇論述文，也不要寫成歷史教科書或百科全書。

2.2__歷史路線，還是理論路線？

這個選項只適用於某些學科。如果你的本科是數學史、小說語文學或德國文學史，那麼畢業論文當然只可能是歷史路線。如果你的本科是建築設計、核反應堆物理學或比較解

剖學，通常會選擇做理論路線或實驗路線的論文。當然還有其他學科，例如理論哲學、社會學、文化人類學、美學、法學、教育學或國際法，那麼這兩種路線都可以做。

　　理論路線論文處理的是之前可能已經有人從其他角度思考過的某個抽象問題，例如人類意志的本質、自由的概念、社會角色的觀念、上帝是否存在或遺傳密碼。光是把這些主題列出來就令人發噱，因為不禁會聯想到義大利左派思想家葛蘭西戲稱「三言兩語就想解開宇宙奧秘」的做法。研究這些議題的都是優秀的思想家，而且除了少數例外，他們都花了數十年時間投入，再三思索。

　　而研究經驗顯然不足的學生面對這類題目會有兩個結果。第一個結果（也是比較不會出錯的）是寫出前一節定義的「綜述型」論文，例如研究不同作者的社會角色觀念，可以沿用他人已經提出的觀點。第二個結果比較令人擔心，因為學生往往誤以為自己能在短短篇幅內解決上帝存在及如何定義自由的問題。我的經驗告訴我，會選擇這類題目的學生最後完成的論文都很輕薄短小，內容不太有組織，與其說是研究成果，不如說是抒情創作。若是質疑他的論述太過個人化、流於空泛、不夠嚴謹、缺乏史學考據、沒有引經據典，他會反駁說沒有人懂他，他的論文可比很多平庸的彙編式論文厲害多了。有可能他說得沒錯，然而經驗告訴我們，會如此回答的學生通常思緒混亂，做研究時不夠謙遜，而且溝通能力欠佳。至於做研究的謙遜所指為何（那不是弱者的美德，正好相反，是強者的美德），等第四章第二節之四

〔4.2.4〕再做說明。當然，我們不能排除這名學生是天才的可能性，年僅二十二歲就無所不知，而且我這麼說絲毫沒有嘲諷之意。只不過，當地表出現這麼一位不世出的天才時，人類往往需要很多時間才會察覺，而且得等到他的作品被閱讀、消化多年之後，大家才會發現他有多偉大。所以怎麼能奢望必須審閱不只一篇論文而是多篇論文的考試委員，第一眼就察覺這位孤獨的先行者有多麼了不起呢？

我們還是假設寫論文的學生對某個重要問題有所領悟吧，既然不可能無中生有，那麼他肯定是受到另外一位作者的啟發，進而將個人想法理出了頭緒，這讓他的論文從理論路線轉向了歷史路線，不再處理存在、自由或社會行動問題，而是發展出像《探究早期海德格的存在主義》、《談康德的自由觀》或《論帕森斯的社會行動概念》這樣的題目。學生如果有獨到想法，會在與原作者理念對照比較時慢慢浮現：研究另一個人如何切入談自由，很可能會對自由有很多新的話要說。如果他想要，可以把原來準備寫成理論路線的論文內容變成歷史路線論文的最後一章。如此一來所有人都能檢驗他所言，因為論文中（上述思想家）提出的觀念是可以接受大眾檢驗的。難在從無到有，難在從零開始論述。必須找到一個支點，尤其是像存在或自由這種籠統的概念性問題。就算是天才，特別是天才，不會以站在另一位作者的肩膀上往前看而感到羞愧。站在另一位作者的肩膀上往前看並不代表對他盲目崇拜、言聽計從，也可以站在他的肩膀上發現他的錯誤和偏限。據說中世紀的人對於古典作者的權威有

超乎尋常的崇敬，而現代人相較於中世紀文人形同侏儒，但是如果以中世紀文人為支點，那麼現代人就成了「站在巨人肩膀上的侏儒」，能夠比前人看得更遠。

以上建議不適用於實務或實驗性質學科。如果要寫心理學方面的論文，題目不會在《論皮亞傑的感知問題》和《論感知問題》之間取捨（難免會有莽撞的學生想要以這種危險題目寫論文）。歷史路線之外的選擇是實驗性質的論文題目，例如《身障兒童對顏色的感知問題》，不過論述方式不同，要以實驗形式來處理問題，必須有調查方法，而且要能夠在實驗室合理條件內、旁人適度協助下操作。不過一位優秀的實驗型學者會至少先進行綜述工作（檢視別人已經做過的類似研究），才檢查實驗對象的反應，否則很可能會自曝其短，做出早已被證明過的結果，或是採用早已證明失敗的方法（雖然再次檢驗之前沒能得出令人滿意結果的方法，也可以當作研究主題）。所以實驗性質的論文不能關起門來自己做，實驗方法也不能自行發明，同樣必須從既有基礎出發，如果學生是聰明的侏儒，最好跳上某個巨人的肩膀，即便巨人的身高不是最突出的那個，或是跳上另一個侏儒的肩膀也好。畢竟以後有的是時間可以踽踽獨行。

2.3__選擇老議題或新議題？

這個問題似乎要重啟十七世紀末法國文壇著名的「古今之爭」（Querelle des Anciens et des Modernes）……。很多學

科沒有這個問題（不過就算論文主題是拉丁文學史，也有研究對象是羅馬帝國詩人賀拉斯，抑或是「最近二十年的賀拉斯研究」之別）。當然，如果學生專攻義大利當代文學史，就沒有二選一的困擾。

但是有一種情況並不罕見，那就是義大利文學史教授建議學生以十六世紀常見的某位仿佩脫拉克風格的作家或阿卡迪亞文藝學會為題，但學生卻偏好研究當代作家帕維瑟、巴薩尼和桑圭內提。很多時候會做這樣的選擇是出自真心喜愛，這點不容否定。但有時候是因為學生誤以為研究當代作家比較容易，也比較有趣。

我坦白說，當代作家絕對比較難寫。相關參考書目比較少沒錯，所有作品都能找到也沒錯，而且在初期收集資料階段不需要把自己關在圖書館裡，大可以輕輕鬆鬆坐在海邊手中捧著小說也沒錯。如果只想要寫一篇馬馬虎虎過得去的論文，重複其他評論家說過的話，那麼討論到此結束（就算寫十六世紀某位仿佩脫拉克風格的作家，也一樣可以馬馬虎虎混過去）。但是如果想要寫出新意，那麼你就會發現古典作家至少有明確的詮釋框架可供鋪陳，關於現代作家的看法卻仍然不明朗、意見分歧，相關評論因為缺乏縱深而不著邊際，因此困難重重。

當然，閱讀古典作家的作品比較辛苦，參考書目搜尋需要更加留意（但是會有已經彙整過的書單）。只不過，如果把寫論文當作學習如何做研究的機會，那麼在這個訓練過程中，以古典作家為研究對象的確會有比較多狀況。

如果學生認為自己更擅長當代文學評論，他的畢業論文很可能是跟既有的文獻資料做比較、培育自己閱讀品味及能力的最後機會，的確應該抓牢。許多偉大的當代作家，包括前衛作家在內，或許從未研究過義大利詩人蒙塔雷或美國詩人龐德，但肯定研究過但丁或福斯科洛。這個選擇沒有清楚規則可循。一位優秀的研究員在做當代作家的歷史或風格分析時，應該跟他以語文學角度切入研究古典文學作家時同樣敏銳且縝密。

宜古或宜今這個問題得視學科而定。若是哲學領域的論文，研究胡塞爾遇到的問題應該會比研究笛卡兒多，「難易度」和「可讀性」之間的關係也正好顛倒：閱讀法國哲學家帕斯卡比閱讀德國哲學家卡爾納普的作品更容易。

因此我唯一能提供的建議是：**把當代作家當成古典作家研究，把古典作家當成當代作家研究**。你們會覺得更有趣，工作起來也會更認真。

2.4__寫論文需要多少時間？

簡單說：**最少六個月，最多三年**，因為如果三年內仍無法掌握題目，找不到相關文獻資料，代表三件事：

一、選擇的論文題目超過能力所及。

二、太過貪心，什麼都想談，準備在這篇論文消耗二十年時間。如果是聰明的學者應該懂得劃定限

度，在設定的範圍內生產出明確成果。

三、論文精神官能症發作，放手後又撿回來，但又覺得不可能完成，進入一個散漫茫然狀態，以論文做為怯懦的藉口，永遠不會畢業。

最少六個月的原因是，如果想寫出品質足堪發表在期刊上、不超過六十欄的論文，光是研究文章架構、尋找參考書目、整理資料、舖陳文本，六個月也是一眨眼的事。成熟學者自然能夠在更短時間內完成，但那是因為他已經累積了多年的閱讀、檔案和筆記，學生則得從頭開始。

六個月到三年指的不是論文撰寫完稿時間，這個步驟根據學生採用的方法，可能需要一個月或十五天。六個月到三年是指從論文最初概念發想到交出完稿的時間。很可能一名學生實際投入論文寫作的時間僅有一年，但是在不知道最終能走到哪裡的情況下，光是為了讓想法落實，加上閱讀，就醞釀了兩年。

我認為最理想的做法是在大二學期末就選好論文方向（及論文指導教授），因為那個時候已經接觸了不同學科，甚或已經能夠選定題目，並釐清困難度及還未考完所有考試的同類學科情況。之所以這麼早就擬定方向，無關妥協，也不意味就此拍板定案。學生還有一年時間確認他的想法有沒有錯，要不要改變題目，是否更換指導教授或學科。要知道，就算花了一年時間準備以希臘文學為題寫論文，之後決定改寫當代史，也不算是浪費時間，那一年當中學生至少學

會了如何整理書目，如何建檔，如何羅列大綱。第一章第三節〔1.3〕說過，寫論文主要有助於釐清想法，與題目是什麼無關。

大二結束選定論文題目後，有三個暑假的時間可以投入研究，如果能力許可，還可以出國「考察」。選課的時候要以**有助於完成論文為目標**。想當然耳，考拉丁文學對寫實驗心理學領域的論文無濟於事，可以在徵得老師同意後，以其他哲學、社會學導向的課程取代系所原本設定的某些科目，讓需要準備考試的科目更符合個人主要興趣。只要合情合理，沒有要任何幼稚伎倆，任何一位頭腦清楚的老師都樂於讓學生準備考試時更有「動機」，不是隨便應付，為考試而考試，沒有任何熱情，只是為了跨過無法閃躲的障礙而考試。

在大二結束時選定論文題目意味著直到大四那一年十月的論文繳交期限為止，學生有整整兩年時間。

早一點選定論文題目沒有不好。晚一點選定論文題目也沒有不好，只要你有心理準備會延畢。但是最好不要太晚做決定。

因為要寫好論文，必須盡可能就每一個環節跟指導教授進行討論。這麼說不是將指導教授神格化，而是因為寫論文跟寫書一樣，都要跟預設的受眾溝通，而指導教授是學生論文書寫過程中唯一可以接觸到的受眾採樣。趕在最後一刻完成的論文迫使指導教授匆匆瀏覽各個章節，甚至只能一口氣快速看過全文。如果指導教授是在最後一刻看到論文，而

且並不滿意，恐怕不會在考試委員會上對考生假以辭色，可以想見口試結果會令考生心情惡劣。心情惡劣的還有指導教授，他想必不願意帶著他不喜歡的論文去見考試委員，因為對他而言也是一次挫敗。如果指導教授認為學生不能勝任正在進行的工作，應該儘早告訴學生，建議他更換論文題目，或延後繳交論文。如果學生聽到指導教授的建議後，認為教授沒有道理，或認為延後論文口試是瞧不起他，儘管避不掉激烈的論文答辯，但至少心裡有數。

由上述說明可以得知，六個月完成的論文即便以不太差的分數通過口試，也不會是優等論文（除非如前所言，學生這六個月進行的工作是彙整之前累積的經驗）。

不過當然有些不得已的情況，以至於學生必須在六個月內完成一切，那麼就得訂定在那個時間內能夠認真以對、盡力完成的論文題目。我不希望這些考量被視為過於「商業」傾向，彷彿我們以不同價格為不同客戶推出「六個月論文」和「六年論文」。以六個月時間完成的論文當然也可以是一篇好論文。

六個月完成論文的先決條件是：

一、題目必須限定範圍。

二、題目最好以當代為優先，以避免參考書目得上溯至希臘時期。或是題目非常小眾，很少有人研究論述。

三、各種文獻資料都能在一定範圍內找到，而且容

易取得。

接下來舉幾個例子。我如果以《北義亞歷桑德里亞的聖母瑪麗亞城堡教堂》為論文題目，應該可以在亞歷桑德里亞市立圖書館和數間市民文史中心找到所有能夠幫助我了解其歷史和整建維修工程的資料。我說「應該可以」，是因為我在做一個假設，把自己當成一名學生，準備在六個月內完成一篇畢業論文。但是在啟動這個計畫之前，我必須先行查證，好確認我的假設成立。而且我最好是住在亞歷桑德里亞縣市的學生，如果我住在西西里島上的卡爾塔尼塞塔，這個題目就選得很糟。除此之外，還有一個「但書」。如果部分資料雖然可用，然而是從未出版的中世紀手稿，那麼我最好具備古文素養，能夠閱讀並解讀這些中世紀手稿。於是乎，看起來很容易的這個論文題目，頓時變得有些棘手。反之，如果我發現所有文獻資料都已經整理出版，至少是自十九世紀開始出版的，那麼我就很有把握。

另外一個例子。拉法艾雷‧拉‧卡普里亞是義大利當代作家，他只寫了三本小說、一本散文集，全部都由同一家出版社博皮亞尼出版。假訂我的論文題目是《當代義大利評論對拉法艾雷‧拉‧卡普里亞之讚譽》，由於每一位編輯都會為自己經手的作家建檔，通常內容包括對這位作家的評論或文章剪報，那麼只要多跑幾次這家位於米蘭的出版社，我應該就可以找到我需要的絕大多數資料。此外，這位作家仍健在，我可以寫信給他，或是訪問他，就能取得更多參考書目

的資訊，至少一定能取得我感興趣的文章影本。想當然耳，任何一篇評論文章都會把我導向與拉‧卡普里亞同類型或相反類型的作家，研究面會略微擴大，但是在合理範圍。當然，我之所以選擇拉‧卡普里亞是因為我本來就對義大利當代文學有興趣，否則這個決定就是投機取巧，而且過於輕率莽撞。

另外一個可以在六個月內寫完的論文題目是《近十五年間中學歷史教科書對第二次世界大戰的詮釋》。如果要羅列市面上所有的歷史類書籍是個大工程，但是專門出版學校教科書的出版社就不會太多。只要取得這部分文本或文本複本，就會知道相關章節只有寥寥數頁，短短時間內就能完成對照比較的工作，而且可以做得很好。當然，要評斷一本書談第二次世界大戰的方式，必須將相關章節放入那本書勾勒的歷史全貌中做對照，因此還必須深入做一點功課。至少要找出六個第二次世界大戰期間可信的故事做參照，做為立論基礎。如果不從批判角度做這些形式上的檢驗，這篇論文應該不需要六個月，只要六個星期就能完成，但是結果恐怕稱不上畢業論文，而是一篇媒體報導，或許精闢精彩，但是無法展現學生的研究能力。

此外，如果想在六個月內完成論文，但是每天只能投入一個小時的時間，我們就不需要再討論下去。只要回頭看第一章第二節〔1.2〕，隨便抄襲一篇論文，交差了事就好。

2.5__需要懂外語嗎？

這一節談的不是以外語或外國文學為論文主題的學生，他們自然應該懂得論文涉及的語言。其實，如果研究的對象是一位法國作家，照理說論文應該以法文書寫。很多外國大學有此規定，這是正確要求。

我們要談的是，如果今天論文領域是哲學、社會學、法學、政治學、歷史、或自然科學，難免需要閱讀以外語寫成的書，即便論文題目是義大利歷史，或談的主題是但丁、文藝復興，仍不乏知名的但丁學者或文藝復興學者是用英文或德文寫作。

通常在這個情況下，正好可以利用寫論文的機會開始閱讀以自己不懂的外語寫成的書。動機充分，雖然有點辛苦，但慢慢地就能看懂一些東西。語言往往就是這麼學起來的。一般而言，這樣學起來的外語不能開口說，但是可以閱讀。總比完全不懂好。

如果關於某個議題，只有一本德文書，而你不懂德文，找人幫你把你認為最重要的章節講給你聽就能解決問題。為謹慎起見，最好不要太過倚重這本書，但至少可以名正言順將這本書放入參考書目裡，因為的確研究過。

其實這些問題都是次要的。真正的問題是：**如何選擇一個論文題目不需要用到我不懂或我無法學習的外語**。有時候在選擇論文題目的當下沒有意識到會面臨怎樣的風險，我們接下來檢視幾個重要案例：

一、如果無法看懂外國作者的原文著作，就不能以他為題目寫論文。 如果這位外國作者是詩人，大家會覺得這個限制理所當然，但很多人認為如果研究的對象是康德、佛洛伊德或亞當斯密，就未必如此。其實不然，理由有二：該作者的著作不一定全部翻譯出版，即便只漏掉一本不重要的書，也有可能影響對作者思想或其知識養成的理解。再者，與該作者相關的研究文獻大多會是以他寫作的語言寫成，就算他的作品都被翻譯出來了，不代表所有與之相關的詮釋解讀也都完整翻譯。更何況翻譯不一定能忠實傳達作者的思想，而論文卻必須挖掘他的原始想法，避開翻譯或流傳時衍生的各種似是而非。寫論文意味著要超越學校講義模式，例如「福斯科洛是古典作家，萊奧帕爾迪是浪漫主義文人」，或是「帕斯卡唯心是從，笛卡兒遵循理性」這類說法。

二、如果與論文主題相關的重要論述著作是以我們不懂的語言書寫，不宜以此為論文題目。 如果一名學生德文很好，但是不懂法文，不該做尼采研究，雖然尼采是用德文書寫。原因是近十年，對尼采提出重新評估的有趣論述都是以法文寫成的。佛洛伊德也一樣，若想解讀這位維也納大師的思想，不能

不閱讀美國修正主義學者或法國解構主義學者的著作。

三、如果只能透過我們懂的語言閱讀某位作者或某個主題的著作，不宜以此為論文題目。不是前面才說重要著作不能是以我們不懂的語言書寫嗎？這個顧慮可能會讓人摸不著頭緒，所以需要依實際情況而定。有些規則事關技術正確必須遵守，如果研究某位英語作者的著作是以我們不懂的日文書寫，應該說明自己知道有這本書但是並未閱讀。這種「視而不見特許證」通常只發放給非西方語系和斯拉夫語系著作，於是乎形同承認關於馬克思的嚴謹研究中，我們無法得知以俄文書寫的著作內容為何。但是遇到這種情況，認真的學者總是會知道（並且表現出他知道）那些著作大概說了什麼，因為肯定會有相關書評或摘要整理。一般來說，蘇俄、保加利亞、捷克斯拉夫、以色列等國家的學術期刊都會提供論文的英文或法文摘要。所以如果畢業論文研究的是一位法國作者，可以直言不諱自己不懂俄文，但是至少要會英文，以避免受限。

所以在底定論文題目之前，慎重起見，需要先初步了解既有的參考書目，以確認是否會遇到語言上的困難。

有些情況則是事先就知道的。例如，如果想以希臘語文

學為論文主題，就不可能不懂德文，因為該領域有大量的重要研究著作都是以德文發表。

　　無論如何，寫論文時需要對該領域所有西方語言的專有名詞具備粗淺認識，即便不懂俄文，也應該要能夠辨識相關專有名詞如何以西里爾字母拼寫，看得出某本書是關於藝術的，或是談科學的。只要花一個晚上的時間肯定能學會看懂西里爾字母，對照著看幾本書名就會知道iskusstvo的意思是藝術，nauka的意思是科學。不要自己心生畏懼，要把寫論文當作對我們終生有益的唯一學習機會。

　　之前種種提醒並未提及如果遇到外語參考書目，最好的方法是到那個國家去待一陣子，因為這個方法成本很高，而我希望能為做不到的那些學生提供一些建議。

　　我們再做最後一個假設，也是最不激進的一個。如果有一名學生對研究應用在藝術主題上的視覺感知有興趣，但是他不懂外語，也沒有時間學習外語（或是有心理障礙，有人一週內就能學會瑞典文，有人就算花十年時間也沒辦法說出通順的法文）。而且他因為經濟因素，必須在六個月內完成論文。不過他對這個題目真的很感興趣，希望畢業後先就業，之後可以從容地繼續深入。我們也得為他想想辦法。

　　好，這名學生可以設定畢業論文題目為《談具象藝術作品視覺感知問題的當代論述》，最好先就這個議題的心理學背景做鋪陳，相關書籍翻譯成義大利文的有李察・葛瑞格里的《視覺心理學》，以及形狀心理學和溝通心理學領域的重要著作。之後可以集中討論三位作者，例如德裔美籍心理

學家魯道夫・阿恩海姆的完形心理學、英國藝術理論家恩斯特・貢布里希的符號信息學及德國藝術史學家歐文・潘諾夫斯基的圖像學論述，從三個不同觀點切入討論圖像感知的自然性和文化性之間的關係。要將這三位作者放進背景脈絡裡，有一些集大成的著作可以參考，例如義大利藝評家吉洛・多弗雷斯的書。三個觀點勾勒完畢後，學生可以試著重新解讀某個特定藝術作品的問題點，或是對某個經典詮釋（例如義大利藝術史家羅貝托・隆吉對文藝復興畫家皮耶羅・德拉・弗朗切斯卡的分析）提出新的論點，並與他收集到的「當代」觀點做整合。最後的論文或許並無獨到之處，很可能介在專題式論文和綜述式論文之間，但是只須借助義大利文譯本就能完成。學生不會因為沒有讀過潘諾夫斯基所有著作而被怪罪，畢竟他的完整著作只有德文版或英文版，因為這篇論文談的不是潘諾夫斯基，而是某個問題，只在討論到某個面向的時候需要借助潘諾夫斯基的論述，以釐清某些疑慮。

如同本章第一節所言，這種類型的論文不是最佳選擇，因為很可能不夠完整、流於空泛。我要重申，這個案例是針對只有六個月時間，而且急著把他真心感興趣的某個問題初期資料先彙整起來的學生。這是權宜之計，但是至少不功不過地解決了問題。

總而言之，如果不懂外語，也無法將論文當作開始學習外語的難得機會，那麼最合宜的解決方法就是選擇只跟義大利有關的論文題目，如此一來可以避開所有外文參考著作，

或借助已經翻譯成義大利文的少量文本。如果想以《加里波底敘事作品中的歷史小說範本》為題，必須知道歷史小說的源起和蘇格蘭歷史小說家華特‧司各特提出的幾個基本概念（當然也得知道十九世紀義大利曾對此議題展開論戰），但是可以在圖書館的十九世紀翻譯書目中找到幾本義大利文的相關參考書籍，至少得以閱讀司各特的重要作品。如果題目是《圭拉齊對義大利復興運動中文化面向的影響》，依然不能過於樂觀，還是要先審慎研究參考書目，看看是否有外國作者及哪些外國作者討論過這個議題。

2.6__「學術性」論文或政治性論文？

一九六八年學生罷課風潮結束後，一度有人認為論文不該選擇「文化」議題或藝文路線議題，應該更關心政治及社會議題。如果從這個觀點出發，那麼這一節的小標題就帶有挑釁及誤導意味，因為會讓人覺得「政治性」論文不是「學術性」論文。現在大學言必稱學術，學術性、學術研究、研究案的學術價值，這個名詞不但會在無意間造成誤解混淆視聽，也會引發對文化不必要的懷疑。

2.6.1 何謂學術性？

對一些人而言，學術是指自然科學，或是量化研究。如果研究中沒有方程式或圖表，就不能稱之為學術研究。如此

說來，研究亞里斯多德的倫理學不學術，研究新教改革時期的階級意識和農民起義也不學術。顯然大學裡不是如此定義「學術」這個名詞。那麼我們就來了解怎樣的研究工作才能符合廣義的學術標準。

現代初期視自然科學為學術的最佳範本。凡符合下列條件者，便是學術研究：

一、論述清晰可辨且他人也認為清晰可辨之課題的研究。課題不一定要有實質意義，平方根也可以是一個課題，只是沒有人見過這種課題。社會階級是一個研究課題，不過也有人會提出抗議，認為社會只有個體，或是統計後的平均值，根本沒有真正的階級。但是從這個角度切入的話，就連所有超過3725的完整數字形成的階級也沒有實質意義，任何一名數學家都可以以此為研究課題。所以界定課題的意思是，在我們提出或在我們之前別人提出的某些規則下界定我們可以論述該課題的條件。我們如果提出規則，凡遇到超過3725的任何一個整數都是可辨識的數字，那麼我們就設下了跟課題辨識性相關的規則。假設我們要談的是一個大眾認為不存在的奇妙生物，例如半人馬，就會產生問題。這時候我們有三種選項。第一個選項，我們可以談古典神話中的半人馬，那麼我們的課題就清晰可辨，因為我們要處理的是談半人馬的文本（文字文本或圖像

文本），必須論述古典神話中具備怎樣的特質才會被視為半人馬。

第二個選項，我們可以進行一項假設性調查，以了解在一個可能的（非真實）世界裡，必須具備哪些特質的生物才算是半人馬。因此我們要界定這個可能世界存在的條件，並說明我們所有論述都在這個假設內進行。如果我們嚴格遵守這個一開始訂定的假設，那麼可以說我們談的「課題」有可能算是一項學術調查的課題。

第三個選項，我們可以展現充分證據以證實半人馬真的存在。為了讓論述中的課題不流於無的放矢，我們必須製造證據（完整骨骸或殘骸，在火山熔岩上留下的足跡、紅外線攝影在希臘森林中拍下的照片，以及其它我們需要的證據），無論我們的假設是對是錯，必須讓別人認可這個課題確實可以往下談。

當然這個例子有點不倫不類，我想應該不會有人想研究半人馬當畢業論文，特別是第三個選項，我只是想說明在設定的情況下建立一個清楚的研究課題是絕對做得到的。既然可以談半人馬，也就可以談當代道德觀、欲望、價值觀等概念，或是談進步史觀。

二、研究必須說出關於這個課題**還沒有被說過的**，

或是從不同視角重新審視之前已經被說過的。一份就數學觀點而言精確無誤、以傳統方法證明畢達哥拉斯原理的報告不算是一份學術報告，因為對我們的知識無所助益，最多只能稱其為優良的推廣報告，就像說明如何用木頭、釘子、刨刀、鋸子和鐵鏈搭建狗屋的教學手冊。第一章第一節〔1.1〕中說過，即便是「編纂」型論文也可以有學術上的用途，因為編纂者將其他人對同一議題的意見彙整在一起，而且井然有序地做了整理。反觀教你如何搭建狗屋的說明手冊就不屬於學術報告，不過如果將所有已知的搭建狗屋方法羅列比較、研究，還有機會搭上一點學術的尾巴。

只是有一件事必須說明：如果在同領域沒有其他類似的論文，編纂型論文才具備學術用途。如果已經有人針對狗屋搭建方法做出比對，那麼再寫一篇一樣的論文是浪費時間（或涉及抄襲）。

三、研究要**對他人有用**。一篇文章如果談的是基本粒子行為的新發現，是有用的文章。一篇文章如果談的是萊奧帕爾迪某封未公開的書信，並詳述其內容，是有用的文章。一篇論文如果能夠在大家已知的基礎上添加新意，而且日後主題相同的所有研究都不能不引為參考，就是有用的論文。至於論文的學術重要性有多大，端賴其不容忽視的程度。有

些論文發表後，其他學者如果不重視，就很難有好表現。有些論文則是，其他學者如果重視固然好，如果視而不見也不會有誰活不下去。最近有研究公開了一批喬伊斯寫給他妻子的書信，內容是很棘手的床笫問題。可以想見，日後如果有人分析喬伊斯《尤利西斯》書中摩莉‧布盧姆這個角色，知曉喬伊斯私底下認為自己的妻子跟摩莉一樣性欲過剩，肯定會有幫助，所以說這是一篇有學術貢獻的論文。但是另一方面，有些精彩論文不需要這批書信，照樣對《尤利西斯》中的摩莉做出不偏不倚的精闢分析，表示那篇論文並非不可或缺。相反的，當喬伊斯小說《一個青年藝術家的畫像》的原型《史蒂芬英雄》出版時，所有人都意識到若想了解這位愛爾蘭作家的創作歷程，必須從這本書出發，因此這本書有其不容忽視的學術貢獻。

有人偏好挖掘相對於德國語文學嚴謹研究而言近乎搞笑、被稱為「洗衣房清單」的文獻資料。這些資料價值低微，很可能是某位作者的當日採購清單。有時候這種資料確實有用，說不定能夠展現大家都以為遺世獨居的某位藝術家人性的那一面，或由此得知他在那段時期生活困窘。但是有時候這些資料對擴大我們的知識面毫無助益，只是對作者個人層面的打探好奇，沒有學術價值，卻不乏有研究者孜孜不倦地將這些瑣事公諸於世。有人以做這類研究

為樂，倒也不必潑冷水，只是這與提升人類知識無關。就算不從學術角度出發，而是以教育角度書寫一本好的宣導說明手冊，描述某位作者的一生，並概述其作品，也是有用的。

四、研究必須提供建立研究假設的相關條件以供檢驗，同時應提供讓其他人延續此一研究的資訊。這是基本要求。我可以說在希臘南部的伯羅奔尼撒半島上有半人馬，但我得做到四件事：a.出示證物（如前所述，好歹要有一根尾椎骨）；b.說明我如何找到該物；c.說明應該怎麼做才能找到其他證物；d.說明如果有一天找到某種類別的骨頭（或另外一個出土文物），就有可能推翻我的假設。

如此一來，我不僅提供了論文假設的相關證明，而且我還讓其他人有了肯定該研究或質疑該研究的機會。

這個做法適用任何議題。假設我要寫一篇論文以證明在一九六九年主導某一場體制外運動的團體背後有兩股派系力量支持，一個是列寧派系，另一個是托洛斯基派系，儘管一般認為這個團體內部同質性頗高。我必須出示證物（傳單、會議記錄、文章等等）以證明我的假設無誤。我還得說明我如何找到這些資料，在哪裡找到，以便讓其他人可以繼續往同一個方向尋找。此外，我必須說明我是依據什麼準則判定這些資料出自該團體成員之手。舉例說明，假設這個團體於

一九七〇年解散,我必須說明是否僅將那個日期之前理論上出自該團體成員之手的文字資料視為該團體立場之佐證(那麼我同時得說明根據什麼準則認定哪些人是團體成員:證件、出席會議或警方推斷?),還是我將團體解散後成員完成的文本也納入考量,理由是儘管文字完成時間在解散後,但是應該早在團體運作時就已經默默醞釀。唯有如此,我才能讓其他人有機會做新的調查,或許進而證明我的推論是錯的,原因可能是,不能因為警察認定某人是團體成員就說他是,如果其他成員從未認可他是團體成員,或沒有任何檔案資料顯示他是成員之一,就不算數。以上說明了如何建立研究假設、證明、驗證和造假。

我刻意選了大相逕庭的不同議題,以說明這些學術要求可以應用在任何類型的調查上。

回到先前所說的「學術性」論文和「政治性」論文之間被曲解的對立關係。根據上述所言,**可以遵守所有必要的學術規則完成一篇政治性的論文**。假設論文內容是描述我如何透過視聽模式在勞工族群中建立非傳統資訊網絡體系,如果以公開、具可控性的方式記錄下整個過程,而且之後若有人照章重做一次,無論結果是否跟我得到的結果相同,或是發現我得到的結果純屬偶然,與我的介入完全無關,而是因為某些我沒有考慮到的因素使然,也同樣是一篇學術性論文。

以學術方法做研究的優點在於不會浪費任何人的時間。從學術性假設出發,即便之後發現假設不成立,也代表在原先的計畫趨使下完成了一件有用的工作。如果我的論文刺激

某人嘗試在勞工間建立其它獨立網絡（其實我的出發點很單純），我也一樣有所貢獻。

就這一點來看，學術性論文和政治性論文並不相悖。一方面我們可以說每一項對拓展知識有貢獻的學術工作，都具有正面的政治價值（而試圖阻礙知識進程的任何行動，其政治價值都是負面的）。但反過來說，所有政治動作只要符合學術的嚴謹，都有成功的可能性。

所以，不需要對數或試管，也可以完成一篇「學術性」論文。

2.6.2 歷史—理論路線或「熱門」實務經驗路線？

說到這裡，我們剛開始的那個問題應該重新整理一下：學術性論文，抑或是跟實務經驗或社會參與有關的論文更有用？換一個說法，研究知名作者或經典著作比較有用，還是直指當代核心，無論是從理論角度切入（探討新資本主義意識形態裡的剝削觀念），或是從實務角度切入（探討羅馬郊區貧民窟問題）做研究比較有用？

這個問題本身很多餘。每個人選擇做自己喜歡做的，如果一名學生花了八年時間讀小說語文學，沒有人能要求他論文研究貧民區。同樣荒謬的是要求跟了義大利社會學者達尼洛·多爾奇四年的學生研究法國皇室。

我們假設今天問這個問題的學生陷入焦慮，他質疑讀大學有什麼用，特別是寫論文這個經驗有什麼用。我們或許可

以假設這名學生對政治和社會議題有高度關注，從而擔心自己投入「文青」研究會違背自身的使命感。

如果這名學生已經累積了一定的政治和社會運動經驗，覺得有可能得出一套論述，那麼就可以好好思索一下如何以學術方法整理他的經驗。

但是如果他並未累積任何經驗，那麼我想這個問題應該只是出於一種情操高尚但天真的躁動。先前說過，寫研究論文這個經驗對我們的未來（專業上或政治上）之所以有幫助，未必跟選擇怎麼樣的主題有關，主要是跟研究過程中的訓練、嚴謹態度及組織所需素材的能力有關。

弔詭的是，我們可以說，對政治有興趣的學生，即便他的論文主題是十八世紀某位植物學家書寫中經常用到的指示代名詞、伽利略崛起之前的「衝力」理論、非歐幾里得的幾何學、早期教會法、中世紀阿拉伯醫學，或刑法中與擾亂公開拍賣相關的罰則條文，他都永遠不會背離初衷。

對政治的興趣可以培養。如果寫的是上個世紀勞工運動的歷史路線論文，可以帶入工會議題。如果研究主題是文藝復興時期民間木版畫的風格、普及性及製作方式，也能進而理解為什麼今天中下階層需要獨立的網絡體系。

真想要特立獨行的話，我會建議那些直到今天為止都忙著參與政治和社會活動的學生寫這類論文，而非描述自己的親身經歷。因為我說過，寫論文是可以增加歷史、理論、技術知識，同時學習如何做紀錄的最後機會（還可以藉此機會從理論或歷史角度，更全面地思考自己參與的政治活動）。

當然，這是我的個人意見。正是為了尊重跟我看法相左的意見，所以我選擇設身處地，從醉心於政治活動的學生角度出發，讓論文與工作、政治工作經驗與論文撰寫做結合。

　　這是可以辦到的，而且有機會完成很精彩的論文，只是要認真以對，把話說清楚，才能捍衛這個選擇，不受蔑視。

　　有時候學生草草了事，完成了上百頁的論文，內容包括傳單、會議記錄、活動報告和統計數字，說不定資料來自別人之前已經完成的某個研究，便將自己的工作當作一篇「政治性」論文交出去。有時候考試委員會因懶惰、因譁眾取寵，或因力有未逮，把這篇論文當成好論文，其實無論是就大學標準，或就政治標準來看，那都是一篇不及格的論文。從事政治工作可以嚴肅，也可以漫不經心。決定推動一項經濟計畫，卻未能充分掌握社會現況的政治人物就算不是罪犯，也是跳樑小丑。會寫出不符合學術要求的政治性論文的人，自然有可能提供不合格的政治服務。

　　我們在第二章第六節之一｛2.6.1｝中已經說過學術要求是指什麼，也說過這些要求對於一項嚴謹的政治工作而言多麼重要。有一次，我看到一名學生在大眾傳播學口試時堅持說他完成了一項「調查」，調查對象是某個區域上班族群中的電視受眾。其實他是在兩次搭乘火車途中，拿著錄音機訪問了十多名通勤族。那些意見整理自然稱不上是調查，不只是因為不符合所有調查必須做到的可驗證性，也是因為訪問結果完全不需要做任何研究就可以輕而易舉想像出來。舉個例子，哪裡都不去，光坐在餐廳裡訪問十二個人，多數都會

說自己喜歡去現場看球賽，而不是看電視轉播。所以花三十頁篇幅說明可以輕而易舉得出答案的調查，就是不及格的論文。是學生自欺欺人，他以為自己獲得了客觀數據，實際上他不過是用似是而非的手法證實了個人意見。

政治議題的論文有流於表面的高度風險，原因有二：（一）論文如果研究的是歷史或語文學，都有傳統的調查方法可循，研究者不會自作主張，而調查尚在進化中的社會現象，很多時候必須自創方法（因此政治性論文往往比歷史路線論文更難寫）；（二）很多「美式」社會研究方法讓大家盲目崇拜量化研究，生產出大量的論文，卻無助於理解真實現象，因此許多關心政治的年輕人對這個充其量不過是「社會計量矩陣（sociometria）」的社會學抱持懷疑態度，指控它在構成意識形態範疇的體系中只扮演了功能性角色，為了與這類研究相抗衡，有時候甚至會傾向於不再做研究，把論文變成一張張傳單、聲聲呼籲，或純理論論述。

要如何避開這個風險呢？方法有很多，檢視其他同類題目的嚴謹研究，從旁觀察一個以上已經成熟運作的團體後才投入社會研究工作，掌握幾種收集和分析資料的方法，不要以為在短短數週內就能完成其實需要投注長時間和精力的調查工作……。由於問題會依不同領域、主題、學生的前期準備狀態而異，為了避免提供太過空泛的建議，我只舉一個例子。這個題目非常新，之前應該沒有人做過這個研究，是熱門時事話題，而且毫無疑問與政治、意識形態和實務都有關係，對很多傳統派的教授而言，這是一篇「單純的報導」：

談獨立電台現象。

2.6.3 如何將時事議題轉化為學術議題？

我們知道現在大城市裡有十多家獨立電台成立，就連只有數千居民的城鎮也有二至四家獨立電台。獨立電台幾乎無所不在。這些電台或有政治色彩，或屬商業性質。這些獨立電台都有合法性的問題，不過法律語焉不詳，而且持續修訂，在我寫這段文字（或撰寫論文）到這本書出版（或論文送交委員會答辯）期間，情況恐怕已經有所改變。

所以我必須清楚說明我做調查的時空背景。題目可以是《一九七五年至一九七六年間的獨立電台》，那麼調查得完整涵蓋那段時期的所有獨立電台。如果我決定只討論米蘭的電台，就必須納入**所有**米蘭的電台，否則我的調查就不夠完整，因為我有可能漏掉就節目、收聽率、受眾文化結構或廣播涵蓋範圍（郊區、社區、市區）而言最具代表性的某家電台。

我如果決定研究三十家國立電台，必須先確立篩選樣品的準則，如果現況是國立電台的比例為五家政治路線電台對三家商業路線電台（或五家左派電台對一家極右派電台）的話，我所選的三十家電台就不能有二十九家都是政治左傾（或右傾）的電台，否則我呈現的電台現象只反映了我的個人好惡，不能如實呼應現況。

我可以決定（借用研究可能的世界裡是否有半人馬的思

維）放棄調查獨立電台，改而提出理想的獨立電台計畫。只不過如此一來，提出的計畫必須要有組織，要務實（不能假設有尚未發明的設備或民間小型團體無力負擔的設備），另一方面這個理想計畫必須顧及實際現況趨勢，因此針對現存電台做初步調查仍是必要的。

此外，我必須清楚說明「獨立電台」的定義，也就是讓大家知道我的研究對象為何。

我所謂的獨立電台單純指左派電台嗎？還是指頻率覆蓋全國、由小型團體建立的半合法電台？還是不受壟斷勢力把持、但通訊網絡複雜的純商業性質獨立電台？該不該將地域性列入考量，只把聖馬利諾或蒙地卡羅的電台視為獨立電台？無論做何選擇，我都必須清楚說明我設定的標準，並解釋為何我的調查將某些現象排除在外。當然，我設定的標準必須合理，用語必須明確不能模稜兩可。我可以決定對我而言唯有那些表明極左立場的電台才是獨立電台，但我必須有所認知一般來說「獨立電台」這個名詞也包括其他電台，我不能欺騙讀者，讓他們以為我研究的獨立電台也包括了其他類型的電台，或是其他類型的電台不存在。因此，我得詳細說明我認為被我列入調查的那些電台才是「獨立電台」（但是要闡述為何將其他電台排除在外），或是為那些被我納為研究對象的電台選一個不至於太過平淡無奇的名稱。

接下來我要描述獨立電台的組織、經濟和法律結構。其中哪幾家電台有專職工作人員，哪幾家電台則是由團體內的活躍成員輪班，另外得建立組織類別，並檢視是否所有這些

類別之間有共通之處，足以為獨立電台找到抽象定義，或是「獨立電台」一詞涵蓋了千奇百怪、各異其趣的不同電台。你們應該看出學術嚴謹態度在這個分析中有其實際用處，如果我想建立一家獨立電台，會需要知道讓這個電台能夠運作的最佳條件。

為建立一個具有可信度的類型學，我可以在研究進行中做一個表格，比對我調查的各電台特性，水平項目是電台特性，左側垂直項目則是各電台該特性項目的狀態。這是一個粗略範例，以經過簡化的四個指標檢視七家假想的電台：是否有專業人員、音樂／談話比例、是否有廣告和意識形態傾向。

	專業人員	音樂為主	有無廣告	有明確意識形態傾向
貝塔電台	×	○	○	○
伽瑪電台	○	○	○	×
德耳塔電台	×	×	×	○
晨曦電台	×	○	×	○
中央電台	×	○	○	×
流行電台	×	○	○	○
100頻道電台	×	○	○	×

這個表格告訴我流行電台的成員是非專業人士，有明確的意識形態傾向，播放音樂多過於談話，接受廣告。同時我也看到接受廣告或以播放音樂為主的電台跟是否有意識形態並無任何衝突，因為表格中有兩家電台是這種情形，只有一家電台有明確意識形態傾向，播放內容是談話多於音樂。此外，沒有任何一家無明確意識形態的電台是接受廣告又以談話為主要內容的等等。這個表格純屬虛構，只有少數幾個指標和電台，因此無法得出可靠的統計結果，僅供參考。

這些資料該如何取得？資料來源有三：官方資料、相關人士說明和收聽紀錄。

官方資料是最可靠的，但是關於獨立電台的官方資料很少。按常規，獨立電台會在公共安全部門登記註冊，另外應該會就公司設立等事宜進行公證，但是這些資料未必看得到。如果有明確的管理章程，有可能找到其他資料，但是現階段資料有限。別忘了官方資料一定會有名稱、頻寬和廣播時段。能夠提供所有電台這三項資料的論文已經是小有貢獻。

相關人士說明。對電台負責人進行訪問。只要話出自他們之口，而且訪問標準如一，就能構成客觀資訊。所以要先準備一份問卷，以便所有受訪者都能回答我們認為重要的問題，如果拒絕回答某個問題也會被記錄下來。問卷內容不必過於簡潔，只回答是或否。如果每一位台長能提供一份計畫說明，將這些說明記錄下來，就是一份有用的文件資料。我們要釐清在這個案例中「客觀資訊」所指為何。如果台長

說：「我們沒有政治目的，也沒有任何人在背後資助。」他說的未必是實話，但仍然是一個客觀資訊，說明這個電台設定的公眾形象是如此。我們或許可以透過對電台播放的節目內容做批判性分析予以反駁，這必須借助第三個資料來源。

收聽紀錄。這個部分的論文可以凸顯出嚴謹工作和交差了事之間的差別。要認識獨立電台的活動內容，必須聽幾天節目，至少一個星期，每個小時都不能錯過，完成一份「電台日報」，記錄電台播放的內容和時間，每一個節目的長度，音樂和談話的比例多少，是不是會邀請來賓參與討論，討論的議題有哪些等等。在論文中自然無法鉅細靡遺陳述電台一整個星期播放的內容，但是可以整理出具代表性的例子（對歌曲做評論、討論過程中的某一句話、播報新聞的習慣方式），借以勾勒該電台的藝術、語言和意識形態樣貌。

義大利文化休閒協會波隆納分會保存了數年電台和電視台的收聽、收視紀錄，可以做為範本，會內工作人員記錄了新聞播報的時間長度、常用用語等等。對數家電台做完這項調查後，就可以進行比對，看看兩家或多家電台如何處理同一首歌或同一條時事新聞。

我們也可以比對壟斷性國家電台和獨立電台的節目，例如音樂和談話的比例、新聞和娛樂消息的比例、節目和廣告的比例、古典音樂和輕音樂的比例、義大利音樂和外國音樂的比例、傳統輕音樂和流行輕音樂的比例等等，以此類推。只要有系統地收聽，搭配錄音機和鉛筆，你們會發現很多電台負責人訪問裡面沒有的東西。

有時候只需要比對不同廣告商的紀錄（餐廳、電影院、出版社等等的比例），就能夠知道某家電台的資金來源（也有可能來源不明）。

唯一條件是不得以印象或推測做為調查依據，例如「因為在中午時段播放流行音樂和泛美航空公司的廣告，因此這是一家親美路線的電台」。我們還必須知道星期一、星期二、星期三下午一點、兩點、三點分別播放了什麼。

如果電台數量很多，你們只有兩個方法：成立一個收聽小組，每個人手上拿一個錄音機負責記錄一家電台，一口氣全部聽完（這是最嚴謹的做法，因為可以比對同一個星期不同電台的播放內容），或是一個星期換著聽一家電台。如果採用第二個方法，你得埋頭苦幹，堅守同一個收聽時段，聽完一家又一家，而且時間不能拉長到六個月或一年，因為這個產業瞬息萬變，拿一月份的貝塔電台跟八月份的晨曦電台做比較毫無意義，沒有人知道中間七個月貝塔電塔發生了什麼事。

如果這些工作都做得很好，接下來還有什麼需要做的？有很多。以下列舉幾個做為參考：

・確認收聽率。沒有官方數據，不能相信電台負責人的說法，唯一可以做的是隨機電話調查（「請問您此刻正在收聽那一家電台？」）。這是義大利國家廣播電台RAI的調查方式，但是需要一定的組織安排，而且所費不貲。寧願放棄這個研究，也不要

用個人印象湊數，例如「大多數聽眾都收聽德耳塔電台」，只因為我的五個朋友都說自己聽這家。收聽率問題告訴你面對一個當代、有時效性的現象，可以如何以學術方法切入，同時也讓你了解確實有其困難。不如改研究羅馬史，容易得多。

・記錄下報章雜誌上對各家電台的意見及評價。

・整理相關法令，做出有建設性的評論，並說明各家電台如何迴避或執行相關法令，有哪些問題因應而生。

・記錄各政黨的立場。

・試著整理表列各家電台的廣告收費。電台負責人可能不會告訴你們，或者不會說實話，不過如果德耳塔電台播了老松餐廳的廣告，我們不難從老松餐廳老闆口中問到需要的資訊。

・選擇一則新聞做為樣本（例如一九七六年六月大選），記錄多家電台如何處理這條新聞。

・分析各家電台的語言風格（是否模仿義大利國家廣播電台播報員的口吻、是否模仿美國電台DJ的風格，是否使用不同政治團體的術語，是否維持方言播報等等）。

・分析義大利國家廣播電台的某些節目（節目類型或用語）如何受到獨立電台節目的影響。

・有系統地收集法學人士、政治領袖等對獨立電台的看法。收集三個意見可以寫成一篇報導，收集

一百個意見就可以完成一個研究調查工作。

・收集目前所有與這個題目相關的參考書目和資料，包括其他國家做過類似調查的研究出版品和文章發表，就連義大利偏遠鄉鎮報紙或雜誌上的文章都不能遺漏，以期彙整最完整的文獻資料。

要說明的是，你們並不需要做**所有**這些事。只要完成其中一項，做得仔細且完整，就足以構成一篇論文的主題。也不是說只有這些是可以做的事。我不過列舉幾個例子，以說明一個如此不「學術」、不具備批判性的題目，也能以學術方式完成，而且對他人有所助益，可以放入更大的研究脈絡裡，讓想要深入這個議題的人對你的研究無法視而不見，而不是用印象、隨機觀察、草率推測搪塞。

所以結論是，要寫學術性論文，還是政治性論文？這是一個假問題。研究柏拉圖學說和研究一九七四年至一九七六年間的義大利體制外團體「持續抗爭」（Lotta Continua）都一樣屬於學術性論文。你如果想要認真寫論文，在做選擇之前最好先想清楚，因為第二篇論文絕對比第一篇論文難寫，需要更成熟的學術態度。因為你沒有一座圖書館在背後做靠山，倒是有一座圖書館等著你建構。

所以，可以用學術方法完成一篇其他人看題目會認為只是一篇「報導式」的論文。也可以用純粹報導的方式完成一篇從題目來看所有人都認為具有學術性的論文。

2.7__如何避免被論文指導教授剝削？

　　有時候學生選論文題目是依個人興趣，有時候則是因為接受了論文指導教授的建議。

　　指導教授會基於兩種不同的出發點給予學生建議：一是因為教授自己對那個題目很熟悉，可以輕鬆跟進學生進度；一是因為教授對那個題目不熟悉，但是他想要有更深入的了解。

　　需要說明的是，相較於前者，後者其實更誠實，也更大方。指導教授認為跟進那樣的論文，他能夠拓展視野，因為為了能夠評估學生的情況，並且在論文撰寫過程中提供協助，他勢必得關心新事物。指導教授若選擇第二條路，通常表示他對學生有信心，會表明這個題目對他而言也是全新的，但他很感興趣。也有些指導教授會拒絕太多人做過的同類型論文，即便如今人滿為患的大學現況讓很多教授不得不放棄堅持，給予更多體諒。

　　另外有些特殊情況是指導教授正在進行一項涉及範圍較廣的研究，需要龐大資料，因此決定把畢業生當成自己的研究團隊成員，在數年內帶領論文學生進行特定方向的研究。如果他是經濟學者，對某個時期的產業現象感興趣，會指導論文研究特定產業，以期最終能夠勾勒全貌。今天這個做法不僅合法合理，就學術角度而言也十分有用：論文成就了關乎集體利益的大規模研究。從教學角度來看也有用，因為學生可以從熟悉該議題的指導教授獲得建議，做為論文的基礎

材料，跟其他學生完成的同類或相近主題的論文做比較。如果學生的論文寫得精采，說不定有部分內容能收入集體研究成果一起發表。

但是也有可能遇到下列尷尬情況：

一、指導教授忙於自己的研究，逼迫對該議題毫無興趣的學生做同一個方向的論文。學生變成搬運工，負責收集資料，讓別人做進一步詮釋。他寫出來的論文可能不盡理想，指導教授在自己最後定稿的研究論文中或許會擷取一些學生收集的素材，但是根本不會提及學生的名字，因為沒有任何創見來自該名學生。

二、指導教授居心不良，讓學生做研究、畢業，之後肆無忌憚地將學生的論文拿來就用。有時候居心不良的背後未必是惡意，指導教授熱情跟進論文，提供了很多想法，一定時間之後已經無法分清哪些想法出自指導教授，哪些來自學生自己。就像某個議題經過集體激烈討論後，我們再也記不清哪些是我們原始的想法，哪些想法是我們因他人得到啟發。

要如何避免這些尷尬情況呢？學生在找指導教授之前，應該聽其他朋友談起過他，應該跟之前畢業的學生聯絡過，

應該對這位老師的為人有一定程度的了解，應該看過這位指導教授寫的書，應該知道他是否常常提及其他合作夥伴。除此之外，是不易估量的尊重和信任因素。

還有，不要每一次有人談及跟你的論文題目類似的議題就疑神疑鬼，覺得對方抄襲你而採取敵對態度。假設你研究的是達爾文主義和拉馬克主義之間的關係，就會知道從文學批評的角度來看，有多少人寫過這個論文題目，而你和所有其他學者之間又有多少理念相同。所以，如果過一段時間之後，你發現論文指導教授或他的助教或你的某個同學也在談同一個主題，不要把自己當成受欺負的天才。

剽竊學術研究成果指的是：除非進行同一項實驗否則不可能得到的數據被別人占為己有；在你謄寫之前從未有人謄寫過的稀珍手稿內容被他人照抄；在你得出某個統計數字之前從未有人做出的統計數字被借用，而且未註明出處（一旦論文發表，所有人都有權利引用）；使用在你翻譯之前從未被翻譯過（或翻譯版本不同）的文字段落。

無論如何，在不陷入被迫害妄想症的前提下，你們還需要思考的是，在同意接受一個論文題目的同時，是否形同加入某個集體研究案，並評估這麼做是否值得。

第三章

搜尋研究資料

.TXT

3.1__研究資料是否容易取得

3.1.1 何謂學術工作的研究資料

論文研究一個對象，需要借助一些特定工具。很多時候對象是一本書，而工具是其他參考書。如果今天論文談的是《亞當斯密的經濟學思想》，那麼對象就是亞當斯密的著作，工具則是討論亞當斯密的其他著作。我們可以說，在這個情況下，亞當斯密的著作是**主要資料**，討論亞當斯密的其他著作是**次要資料**，或是**批判性資料**。想當然耳，如果論文題目是《論亞當斯密的經濟學思想根源》，那麼主要資料就是對史密斯的思想有所啟發的其他著作或文本。一個作者的資料來源當然也可以是歷史事件（某些具體現象發生當下的相關討論），不過這些歷史事件仍然有文字資料，也就是其他文本資料可供查詢。

某些情況下論文研究的對象是一個真實現象，例如今日義大利國內人口遷徙問題、身障兒童團體的行為研究、公眾對播映中某個電視節目的意見等等。這種情況下，資料還沒有整理成文字形式，但若不整理成文字，就不能加入論文中，包括統計數字、訪問內容，有時候還有照片或影視資料。至於批判性資料，則跟前面一個例子差不多。除了書籍和期刊文章外，還有報紙文章或各類文件資料。

一般資料和批判性資料之間的區別必須認清，因為批判性資料內往往會載明一般資料出處，不過我們在下一段會看

到，這些叫作二手資料。如果研究工作太過草率或匆忙，就很可能會搞混一般資料和批判性資料。我如果選擇以《亞當斯密的經濟學思想》做為論文題目，在研究過程中發現我主要都在討論某個作者對史密斯做出的詮釋，而忽略了對史密斯著作的第一手閱讀，那麼我應該做兩件事：或是回頭檢視研究資料，或是把論文題目改成《當代英國自由主義思想對亞當斯密的詮釋》。就算這麼做，我仍然必須知道亞當斯密說了什麼，但是顯然我要關心的不只是他說了什麼，還有受到他啟發的其他人說了什麼。再者，如果我要深入評論對亞當斯密的詮釋，那麼我必須拿詮釋和原著做對照。

不過在一種情況下，我無需太過關注原著思想。如果我要寫的論文是探討日本傳統的禪，可想而知我必須懂得閱讀日文，不能仰賴為數不多的西方譯本。假設我在審視批判性資料的時候，對五〇年代美國前衛文學和藝術如何運用禪發生了興趣，也就是說我感興趣的不再是從神學和語文學角度認識禪，而是想要知道那些獨特的東方理念以何種方式變成西方藝術理念的元素。於是乎我的論文題目就變成了《五〇年代美國舊金山文藝復興中關於禪的運用》，而我的研究資料來源是傑克·凱魯亞克、艾倫·金斯堡、勞倫斯·費林格蒂等文人的作品。他們的著作是我應該研究的文本，至於禪，我可以仰賴幾本可靠的書及好的譯著。我自然不可能談及這些加州文人誤解了禪的原意，因為如此一來我就免不了得跟日文書做對照。如果我認定他們是以翻譯著作為起點做自由發想，那麼我需要知道的是他們如何運用禪，而非禪究

竟是怎麼回事。

由上得知，儘速界定論文研究的真正對象非常重要，因為能夠讓你們從一開始就搞清楚研究資料是否容易取得這個問題。

在第三章第二節之四〔3.2.4〕，你們會看到案例說明如何從零開始，之後如何在一間小圖書館裡找到你們需要的研究資料。不過那是特殊案例。一般來說，之所以會選擇某個論文題目，是因為知道自己有辦法取得研究資料，包括（一）何處取得資料；（二）資料是否容易取得；（三）是否有能力運用資料。

我有可能輕率決定論文研究喬伊斯的手稿，然後才發現他的手稿保存在水牛城，而自己永遠無法去水牛城。我也有可能一頭熱地決定研究一批屬於國內某個家族私人擁有的文獻資料，隨後才發現這個家族非常小氣，只肯將資料借給享譽國際的學者。我也有可能選擇研究某些可供借閱的中世紀文獻，卻忘了自己從來沒上過任何相關課程，沒有受過閱讀古代手稿的訓練。

撇開這些過於複雜的例子不談。我有可能想要研究一位作者，但不知道他的原著在坊間難尋，得像瘋子一樣走過一個又一個鄉鎮、一間又一間圖書館才能找到。或以為可以輕易取得他所有著作的微縮膠片，卻沒注意到我就讀的學校沒有可以看微縮膠片的設備。又或者是我患有結膜炎，做不了如此耗神費力的工作。

抑或是，假設我是電影迷，想研究二〇年代一位導演的

某部非主流電影，結果發現那部電影僅有一份拷貝，保存在華盛頓電影史料中心，力有未殆。

解決了一般資料來源問題後，還有批判性資料的問題需要解決。我有可能選擇研究十八世紀某位非主流作家，因為我家鄉的圖書館裡碰巧有他的著作初版本，但是隨後發現關於這位作家的精闢批判性文獻資料需要耗費鉅資才能取得。

不要以為只研究手邊有的資料就可以擺脫這些問題，因為批判性文獻資料不能不讀，即便不是全讀，也至少要讀過所有重要資料，而且需要直接接近資料出處（參見下一段）。

與其令人難以原諒地草率行事，不如根據第二章的原則選擇論文題目。

為了具體說明，以下我舉的例子是我近期曾參與討論的論文，這些論文的資料出處非常詳實，侷限在可控制的範圍內，顯然論文作者可以輕易取得，而且知道如何運用。第一篇論文題目是《摩德納市政的溫和教會路線經驗（一八八九―一九一〇年）》。學生或指導教授明確界定了研究範圍。學生是摩德納人，而且在當地工作。參考書目分為一般書目和與摩德納相關的書目。我想後者應該在摩德納市立圖書館內就可以解決。前者有可能需要他往外跑幾趟。至於真正派上用場的資料則分為**檔案資料和媒體資料**，學生全都看過，那段時期所有報章雜誌他也都翻閱過。

第二篇論文是《義大利共產黨的學校政策：從中間偏左到六八年學生運動》。你們可以看到這個題目也經過明確

界定，而且十分謹慎，因為六八年後這類研究很容易引起騷動。資料來源有義大利共產黨官方報、國會提案、黨部資料和一家媒體報導。我可以想像，無論這篇論文寫得多麼嚴謹，媒體報導部分不會太受重視，當然那是次要資料，可以挖掘公眾意見和評論。若想了解義大利共產黨的學校政策，只需要看官方聲明就好。不過如果今天論文要探討的是執政政黨基督民主黨的學校政策，事情就大不相同了。因為雖然有官方聲明，但政府實際操作很可能與黨部的官方聲明背道而馳，那麼研究範圍就會十分驚人。此外，如果研究時間包括六八年之後，那麼在所有非官方意見中，必須加入從六八年開始不斷增生的各個體制外團體所有聲明，並予以分類。那麼這個研究的困難度會大幅提高。而且學生最好是在羅馬工作，要不然就得想辦法讓人將所有他需要的資料副本寄給他。

第三篇論文跟中世紀史有關，在外行人眼裡，實屬困難。研究的主題是中世紀一千年至一千五百年間義大利中北部維洛納聖柴諾修道院中的文物。研究工作的核心在於謄寫修道院十三世紀的幾份登錄資料，以前從來沒人做過。學生當然要對古文字有概念，知道如何閱讀，以及謄寫古代手稿要遵守哪些準則。但是即便知道相關技術，也只代表學生會以嚴謹態度完成工作，並能夠對謄寫結果加以評論。論文最後還要有三十本參考書目，表示這個具體問題必須以先前的文獻資料建構起歷史框架。我想這個學生應該是維洛納當地人，之所以選擇這個題目是因為他不需要跑來跑去。

第四篇論文題目是《論義大利北部特倫提諾自治區的話劇發展》。學生是當地人,知道那裡的話劇發展並不蓬勃,他透過報紙年鑑、市政檔案和觀賞人數統計數字整理重建相關資料。第五篇論文《從市立圖書館活動看布德里奧鎮的文化政策》情況類似。這兩個例子的資料都很容易掌控,而且有用,因為替之後的研究者提供了統計、社會學等相關史料。

第六篇論文這個案例說明如果有充裕的時間、完備的工具,可以把乍看之下題目屬於編纂性質的論文發展成優良的學術研究成果。這篇論文的題目是《談瑞士舞台設計師阿多菲·阿匹亞作品中的演員問題》,阿匹亞是知名舞台設計師,凡是戲劇史學家和戲劇理論家皆投注過心力研究他,因此與他有關的論述幾乎毫無新意可言。但學生埋首瑞士文獻資料中,跑了好多間圖書館,勘查過阿匹亞曾經參與舞台設計的每一個地方,建立了一份阿匹亞的文字創作書目(包括後來已無人聞問的文章),以及一份研究阿匹亞的參考書目,足以全面且精確地闡述這個論文題目。根據指導教授的說法,這篇論文貢獻卓著,不該以一篇編纂型論文視之,因為學生提供了在此之前不為外人所知的資料。

3.1.2 第一手和第二手資料

如果研究的對象是書,那麼第一手資料就是這本書的初版本,或是這本書的評註版。

譯本不是資料，而是延伸資料，就像假牙或眼鏡，是以有侷限的方式獲得原本無法取得的東西。

　　作品選集不是資料，而是資料的零碎組合，或許剛開始有用，但是要寫一篇研究某位作者的論文，賭的是自己能看到其他人沒看過的東西，而作品選集只能讓我看到另外一個人所見。

　　其他作者所寫的大綱整理和心得，即便夾帶篇幅不少的節錄，也不算是資料，最多只能算是二手資料。

　　很多時候我們找到的都是二手資料。假設今天我想研究義大利共產黨總書記帕爾米羅・托亞蒂的國會演說，由《團結報》出版的演說合集是二手資料。因為沒有人能向我保證編輯沒有做任何刪減，或犯任何錯誤。第一手資料是國會議事錄。如果能找到由托亞蒂親筆撰寫的演講稿，就有了超級第一手資料。我若想研究美國獨立宣言，唯一的第一手資料是宣言正本。不過一份妥善影印的副本也可以被視為第一手資料。由某位嚴謹度不容置疑的歷史學家提出的評註版宣言文本也同樣可以被視為第一手資料（「不容置疑」是指至今從未被他人指正質疑）。由此觀之，「第一手」和「第二手」資料端賴我從什麼角度思考論文。如果論文要討論的是現存的所有評註版本，那麼就得找出原始版本。如果論文要討論的是獨立宣言的政治意義，那麼找到一個好的評註版本就夠了。

　　我如果想寫《《約婚夫婦》的敘事結構》，找到曼佐尼這本小說的任何一個版本已經足夠。但我如果想討論的是

書中的語言學問題（標題可以是《遊走在米蘭和翡冷翠之間的曼佐尼》），那麼我就必須找到這部作品一定數量的評註版。

我們可以說，在與研究對象相關的範圍內，所有資料永遠都應該是第一手資料。唯一不能做的，是透過另一個人的節錄引述去論述我們研究的作者。就理論而言，一個嚴謹的學術工作永遠不應該引用節錄，即便引述內容與我們研究的作者並無直接關聯。不過也有可接受的例外，特別是就論文來說。

假設你們選擇研究《多瑪斯·阿奎那《神學大全》中關於美的先驗性探討》，那麼主要資料就是聖多瑪斯·阿奎那的《神學大全》，目前市面上販售的馬里艾提出版社版本便可用。你們若懷疑這個版本與原版本有出入，在這個情況下就必須尋找其他版本（問題是如此一來你們的論文就變成研究語文學，而非研究美學—哲學了）。隨後你們會發現關於美的先驗性問題，阿奎那在評論偽狄奧尼修斯所著《論聖名》一書時也曾談到。雖然論文題目劃定了範圍，還是必須了解一下，然後你們會發現聖多瑪斯·阿奎那其實是重拾之前神學傳統中的議題，於是你們展開博學人生，努力把所有原始出處找出來。結果發現這個工作已經有人做過了，那個人是鄧·亨利·浦雍，在他鉅細靡遺的研究中長篇累牘記錄了關於偽狄奧尼修那本著作的所有評論，並一一闡明評論者之間的關係、分歧和矛盾。你們當然可以在論文談及神學家亞歷山大·哈勒斯或巴黎主教伊爾杜安的時候使用鄧·亨

利·浦雍收集的資料。如果發現亞歷山大·哈勒斯的著作對你的論述變得至關緊要，那麼你們就得試著直接閱讀夸拉齊出版社的版本，但是如果僅涉及幾段節錄文字，只需要說明出處來自浦雍即可。沒有人會責怪你們行事粗糙，因為浦雍是一位嚴謹的學者，而且你們從他的著作中引用的文本並不是論文的主要研究對象。

唯一不能做的是，引用二手資料卻假裝自己讀過原始資料。這麼做不僅有違專業道德，而且你們想想看，如果有人問你是否真的讀過某份手稿，而眾所周知那份手稿已在一九四四年已經銷毀，你該如何是好！

不過你們也不需要為了第一手資料患得患失。拿破崙死於一八二一年五月五日這件事，所有人都是透過二手資料知道的（由根據某些歷史書寫成的歷史書得知）。如果有人想要研究拿破崙過世的日期，就得去找那個時期的檔案資料。但如果你們要談的是拿破崙之死對歐洲追求自由主義的年輕人心理方面的影響，你們可以相信任何一本歷史書，以書中載明的日期為準。問題出在當你使用二手資料的時候（記得聲明）需要多重檢查，以確認某段節錄、關於某個事件或意見的引述跟其他不同作者引用的內容一樣，如果有疑慮，或是選擇避開那個資料，不然就得追查原始資料。

既然先前提及阿奎那的美學思想，就以此為例說明。有幾篇論文談及這個議題的時候，都從假設阿奎那曾經說過「**眼見而心悅者，即為美**」（pulchrum est id quod visum placet）這句話開始。我是以這個題目寫畢業論文的，我找

過原文文本，發現阿奎那**根本沒有說過這句話**，他說的是「美，眼見而心悅」（pulchra dicuntur quae visa placent），我就不在此解釋為什麼這兩個句子有可能得到截然不同的詮釋了。那麼，究竟發生了什麼事？第一個句子是多年前法國哲學家雅克・馬里頓自認為能夠完美概述阿奎那思想的一句心得，其他人紛紛沿用（擷取自二手資料），完全沒想到要查證第一手資料。

同樣的問題也出現在參考書目的引用。為了儘快寫完論文，有人會在參考書目中放入他根本沒看過的書，或在頁尾註腳（甚至大言不慚地在內文）中談及這些著作，但其實是抄襲了別人整理的資料。你們之中或許有人會想以巴洛克為論文研究方向，而且讀過義大利哲學家兼文學評論家魯奇亞諾・安伽斯基在《從培根到康德》（波隆納，牧利諾出版社，一九七二年）書中的〈介於文藝復興和巴洛克之間的培根〉一文。為了做樣子，你們不單提及這篇文章，還因為在另一篇文章上看到某條註解而補充說明如下：「*安徹司基對此議題另有敏銳觀察，請參見《英國經驗主義的美學》（波隆納，阿法出版社，一九五九年）書中的〈培根的美學〉一文*」。結果你們顏面盡失，因為有人會告訴你們那其實是同一篇文章，只是相隔十三年重新出版，第一次是由大學出版社印製發行，印量有限。

關於第一手資料的這些討論，即便你們的論文不是討論文本，而是某個現在進行式的現象，也同樣適用。我如果想研究羅馬涅一帶農民對電視新聞的看法，我的第一手資料

是根據規定對足夠人數的農民所做的可信田野調查，或至少是最近剛由一個可信單位公布的類似調查結果。我如果只引用十年前的一項調查結果，顯然我是站不住腳的，因為十年內改變的不只是農民，還有電視媒體。但是如果我的論文題目是《六〇年代視聽觀眾和電視之間的關係》，那就不一樣了。

3.2__參考書目研究

3.2.1 如何使用圖書館

如何在圖書館裡進行前期研究工作？如果已經有明確的參考書目清單，那就是以作者名為索引，尋找圖書館內可以提供的資源，等結束後再換一間圖書館，以此類推。不過這是以已經有參考書目為前提（而且條件允許自己跑多間圖書館，即便一間在羅馬，另一間在倫敦）。顯然這個案例不適用於我的讀者。其實也不適用於真正的學者。學者有可能去圖書館找他知道的某本館內藏書，但大多數情況下他上圖書館的時候手中並沒有參考書目，他是去建立參考書目。

建立參考書目意味著尋找不知道是否存在的書籍。優秀的研究員要能夠在毫無概念的情況下走進圖書館，離開的時候比之前多知道了一些事。

圖書目錄

圖書館提供了一些便利措施，好讓我們尋找不知道是否存在的書籍。第一個便利措施自然是以主題做分類的圖書目錄。以作者姓名分類的圖書目錄對知道自己要找什麼的人有用，不知道自己要找什麼的人就得靠以主題分類的圖書目錄。舉個例子，好的圖書館會告訴我到哪個位置能找到關於西羅馬帝國滅亡的所有書籍。

但是要懂得如何查詢主題目錄。可想而知目錄中不會有一個主題是「羅馬帝國滅亡」（除非那間圖書館把資料分類做得很細），得去「羅馬帝國」下「羅馬」的「歷史（羅馬史）」裡尋找。我們如果具備小學等級的基本知識，應該會知道接下來要從西羅馬帝國最後一位皇帝「羅慕路斯‧奧古斯都」或「奧古斯都（羅慕路斯）」、羅慕路斯‧奧古斯都的父親「歐瑞斯特」、西羅馬帝國滅亡後義大利第一位蠻族國王「奧多亞塞」、「蠻族」及「蠻族王國」等名詞進行搜尋。查詢至此仍未結束。因為很多圖書館內的作者目錄及主題目錄都各有新、舊兩套，舊版停留在某個日期，新版則還在整理中，未來有一天會把舊版那套彙整進來，但是此時此刻尚未完成。而研究羅馬帝國滅亡的書不會因為這個歷史事件發生在很多年前，就只出現在舊版圖書目錄裡，說不定有一本書是兩年前出版的，只記錄在新版目錄中。有些圖書館還有其他獨立目錄，是關於特殊資料。有的圖書館則把主題跟作者目錄混在一起。還有的圖書館則把書籍和期刊目錄分

開（再以主題及作者區分）。總而言之，必須了解圖書館如何運作，才能決定接下來怎麼做。也可能有的圖書館將書籍放在一樓，期刊放在二樓等等。

同時還需要借助直覺。如果舊版圖書目錄非常老舊，我找「修辭學」的時候，除了Retorica這個拼法，也會看一眼Rettorica，因為說不定有勤快的圖書管理員把早年刻意賣弄、寫了兩個t的書名都集中整理在一起了。

要注意的是，作者目錄永遠比主題目錄更牢靠，因為主題目錄的建立端賴圖書管理員的詮釋。如果圖書館有一本羅西・朱瑟培的書，肯定能在作者目錄裡找到羅西・朱瑟培。但是如果羅西・朱瑟培寫了一本談「西羅馬帝國滅亡後遭蠻族王國瓜分，奧多亞塞居中扮演何種角色」的書，圖書管理員有可能將這本書登錄在「歷史（羅馬史）」或「奧多亞塞」這個主題下，而你們卻在「西羅馬帝國」主題目錄下翻箱倒櫃。

有時候圖書目錄無法提供我正在尋找的資訊，那麼我就得從更基礎的資料開始收集。每一間圖書館都有一個區或一個廳室名為諮詢室，那裡有百科全書、通史和書目資料。如果我要找跟西羅馬帝國滅亡有關的東西，我應該看看在羅馬史裡面能找到什麼，從那些大部頭諮詢工具書裡整理出一份基礎書目，然後再去作者目錄裡一一檢查。

書目資料

　　如果對自己的論文題目已經有清楚概念，這是最有把握的部分。某些學科在重要教科書裡就能找到基本參考書目的資訊。至於其他學科，或是會持續更新相關出版品清單，或甚至會有專門為該學科出版的書目期刊。還有些學科的期刊則是眾所周知每一期都會有附錄，提供最新出版品資訊。要想完成圖書目錄搜尋工作，持續更新的書目資訊至關緊要。因為有的圖書館很可能舊書收藏十分齊備，但是沒有新書，在這裡或許可以找到一九六〇年之前相關議題的歷史書或教科書，從中整理出極為有用的參考書目，但是無法得知一九七五年是否有值得參考的有趣書籍（也說不定圖書館有新書，但是分類到你們想不到的主題下）。所以持續更新的書目資訊可以讓你們完全掌握相關議題的最新出版品。

　　了解書目資訊最輕鬆的做法是詢問論文指導教授。第二個選項是詢問圖書管理員（或詢問諮詢室工作人員），他或許可以直接告訴你們新書陳列在哪一室或哪一個書架上。有些問題本書無法提供解答，因為如前所述，每一個學科的情況都不同。

圖書館管理員

　　必須克服羞怯。因為圖書館管理員往往能提供你可靠的資訊，讓你節省很多時間。你們要知道，圖書館館長（除

非他忙得不可開交，或天生神經質），特別是小型圖書館館長，很樂意展示兩樣東西：他個人的絕佳記憶力與博學，以及圖書館藏書多麼豐富。愈是位在偏遠地帶的圖書館，愈是無人造訪的圖書館，圖書館館長越不甘心被人看扁。有人來求救，會讓館長很開心。

只不過，在向圖書管理員諮詢之餘，也不能盲目相信他。你們固然要聆聽他提供的建議，但仍然要自行尋找其他可能。圖書館管理員不是無所不能的專家，而且他也不會知道你們的研究有什麼特殊的論據需求。有可能他認為某本書十分重要，但是對你們的研究並無多大用處，而他認為毫無價值的某本書，卻對你們的研究不可或缺。更何況，重要及有用著作排序這種東西並不存在。很可能某本書中某一頁無意提及的某個觀念讓你們茅塞頓開，若非如此，那本書根本毫無用處（而且不值一提），而你們必須靠直覺（還有一點運氣）把這一頁找出來，因為沒有人會把它放在銀製托盤上送到你們面前。

跨館查詢電腦化圖書目錄及跨館借書

很多公立圖書館都會公布新進藏書，而且某些圖書館、某些學科還可以查詢義大利國內外其他圖書館的藏書。這一點也需要詢問圖書館管理員。有的圖書館有電腦連結中央記憶體，短短幾秒鐘就能告訴你某本書在哪個地方什麼位置。例如在威尼斯雙年展內設置了一座當代藝術歷史檔案館，館

內的電腦跟位於羅馬的國立圖書館的藏書檔案室連結，只要操作者輸入你們尋找的書名，幾秒鐘後電腦螢幕上就會出現那本書的基本資料。除了書名之外，也可以用作者名、議題、系列叢書、出版社、出版年份等等進行搜尋。

在義大利一般圖書館裡很難找到這種便利設備，但為謹慎起見一定要開口詢問，畢竟世事難料。

一旦發現某本書在另一間義大利或國外圖書館，你們要記得所有圖書館通常都可以提供國內或國外的**跨館借書服務**，只是需要一點時間，但如果那本書在市面上很難找，那麼就值得一試。還要看收到借書申請的那間圖書館是否願意出借（有的圖書館只在館內有兩本相同藏書的情況下才會同意出借），沒有通例可循，最好徵詢指導教授的意見。無論如何請記住，有時候某些機構並非運作不良，只是因為我們沒有提出要求。

切記，要想知道其他圖書館是否有你在找的書，可以詢問：

羅馬艾曼紐二世國立中央圖書館，國立圖書資料中心。

或是：

國立科學史料中心，國立研究院，羅馬科學廣場7號（電話：490151）。

別忘了很多圖書館還會有新進藏書清單，也就是尚未編入圖書目錄的新購入書籍清單。最後請記得，如果你們的研究論文寫得很認真，而且指導教授有高度興趣，可以要求你們就讀的學校購入你很難取得的部分重要書籍。

3.2.2 如何處理書目：書目卡片

初期要建立參考書目，必須看很多書。大多數圖書館一次只能借一或兩本書，所以大家都抱怨說即便很快回去換書，在找到一本書和下一本書之間得浪費很多時間。

因此剛開始不急著立刻閱讀所有找到的書，只需要建立初階書目就好。圖書目錄的初期檢視工作主要是讓你們可以依據一份已經準備就緒的書單，開始進行調查。不過從圖書目錄裡整理出來的書單很可能毫無助益，你們仍然不知道要從哪一本開始借閱。所以在檢視圖書目錄的同時，也要從工具書著手進行前期檢視。當你們發現某本工具書某一章談及你感興趣的議題，而且有很棒的參考書目時，可以快速瀏覽完該章節後（之後再回頭細讀）直接跳到參考書目，全部抄下來。瀏覽章節內容及書目相關說明的時候，如果有用大腦，就能大致看出書單中哪些是作者認為基本必讀的，你們可以先借閱那幾本書。除此之外，如果你們找到不只一本工具書，記得要交叉比對參考書目，就會看出哪些書出現在所有工具書中。如此一來，你們就完成了第一階段的工作。這個初階書單在之後的研究過程中會持續受到檢驗，不過此刻

是你們的起跑點。

　　你們或許會抱怨說如果找到十本工具書，把每一本工具書的參考書單都抄下來未免太過冗長。的確，有時候用這種方法會整理出多達數百本的書單，就算做交叉比對也只能刪去重複出現的書（如果最早的書單是按照字母順序排列，之後要做檢查會更容易）。不過每一間圖書館都設有影印機，影印一張平均一百多里拉。除了少數特例，否則工具書裡特定領域的書單最多只有幾頁。花兩千到三千里拉就能複印多份參考書目，等回家再慢慢整理就好。書單整理完畢後，你們才需要再回到圖書館了解哪些書可以借閱。這時候如果每本書都有自己的書目卡片會很有幫助，可以在書目卡片上寫上圖書館名稱縮寫及圖書編碼（如果一張書目卡片上有很多縮寫及編碼，表示這本書可以在很多地方借閱，如果書目卡片上一個圖書館名稱縮寫都沒有就麻煩了，你們就麻煩了，或者應該說，你們的論文就麻煩了）。

　　尋找參考書目的過程中，我如果找到一本書，通常會想順手寫在筆記本上，之後再查詢作者目錄，以了解我在參考書目上標記的那些書是否可以在當地借閱，並將編碼寫在書名旁邊。但是如果我標記了很多書（剛開始按主題做書目搜尋，很容易就會累積到上百本書，之後才會大量刪除），日後有可能再也找不到寫在哪裡。

　　所以最好用的方法是準備一個裝書目卡片的小盒子，每找到一本書，就寫一張專屬的卡片。等我發現某間圖書館有那本書，就寫下該圖書館的編碼。裝書目卡片的小盒子很

便宜，而且在一般文具行就能買到，或者也可以自己做。一百、兩百張書目卡片所需空間很小，每次上圖書館都能隨身攜帶。你們可以藉此清楚知道哪些書是你們要找的，哪些書是你們已經找到的。而且按字母順序排列的書目卡片讓一切都一目瞭然。你們也可以設計在卡片右上角寫圖書編碼，左上角用常見縮寫說明這本書是做為一般基礎參考，或是可做為論文某個章節資料來源等等。

當然，你們如果沒有耐心製作書目卡片，也可以用筆記本解決。但是不便之處顯而易見：假設第一頁記錄姓名字首為A的作者，第二頁記錄姓名字首為B的作者，過一陣子等你寫滿第一頁，就不知道接下來要往哪裡寫了，還不如拿一本空白通訊錄來填寫。而且阿巴提（Abbati）不一定寫在阿茲蒙提（Azzimonti）前面，只是兩個名字都寫在保留給字首為A的那幾頁裡。相對而言，書目卡片當然比較好，論文寫完後還可以用來做另一個研究（如果從原本的論文延伸），也可以借給之後打算就類似主題進行研究的人。

在第四章我們會談其他類型的卡片，例如**閱讀卡片**、**靈感卡片**、**節錄卡片**（以及在什麼情況下必須做這些分類卡片）。此刻我們只強調書目卡片不該跟閱讀卡片混為一談，因此接下來先簡單說明何謂閱讀卡片。

閱讀卡片可以是卡片，但是最好是大尺寸，專門記錄你們實際上閱讀過的書或文章，包括大綱、心得和節錄等所有之後寫論文及整理**最後參考書目**時用得到的資料（因為那時候書可能已經不在手邊了）。這種卡片不需要隨身攜帶，而

且也未必得是卡片形式，可以是大開本的紙張（但卡片使用起來最方便）。

至於**書目卡片**則不同。書目卡片要記錄的是**所有你們應該找的書**，不只是那些你們已經找到而且看過的書。所以一個人可能會整理出總共一萬本書的書目卡片，以及只有十本書的閱讀卡片，雖然這個數據說明論文研究工作起頭做得很好，但是最後虎頭蛇尾。

每次上圖書館都需要隨身攜帶書目卡片，卡片上只記錄該書的基本資料，以及你們造訪的圖書館藏書編碼。最多可以在卡片上加寫註記，如「作者X認為非常重要」，或是「非找到不可」，或是「某某說這本書毫無價值」，甚或「非買不可」。僅此而已。閱讀卡片的話，有可能一本書需要很多張，但是書目卡片一本書一張就夠。

書目卡片如果做得好，妥善保存，後續再做研究的時候可以進一步擴增，可以出借（甚至出售），所以值得認真做，要清晰易懂。不建議用速寫方式寫書名，很可能會出錯，一般來說初期製作的書目卡片（標示過已經找到、讀過並且寫了閱讀卡片的書目卡片）會是編寫最後參考書目的重要依據。

接下來會說明記錄書目資料的正確格式，也可以說是**引用書目的準則**，這些準則同時適用於：

（一）參考書目卡片
（二）閱讀卡片

（三）頁尾註腳中提及的圖書

（四）最後參考書目編寫

之後各章節談及書目的時候，還會再次提醒你們這些準則，只是在此先一次說明清楚。這些準則非常重要，要有耐心，慢慢熟悉。你們會發現這些準則有其功能性，可以讓你們及你們的論文讀者辨別現在談的是哪一本書，同時也是一種學術認證：如果遵守準則，表示你們對學科的掌握度高，如果違反準則，則會讓學術新貴露出馬腳，即便工作表現優異，也難免招來懷疑。這些準則的重要性在於或多或少凸顯了敷衍了事者的缺點。其實在體育、集郵、撞球比賽和政治運作層面也是如此，如果有人在「關鍵」問題上出錯，肯定會受人質疑，被視為門外漢，而非「自己人」。必須遵守你準備涉足的那個學術圈的遊戲規則，行事若不從眾，肯定心裡有鬼，非奸即盜。

再說，要想打破規則，或想跟規則唱反調，必須先了解規則，再證明規則站不住腳，或規則就功能而言完全是反效果。在開口說書名不重要之前，必須先知道為什麼需要特別強調書名的重要性。

3.2.3 書目格式

書籍

下面這個書目格式是錯誤的:

Wilson, J., "Philosophy and religion", Oxford, 1961.
威爾森,J.,《哲學與宗教》,牛津,1961年。

之所以說格式錯誤,理由如下:

一、作者名只出現字首。光是字首不夠,因為我要清楚知道作者的完整姓名,更何況有可能有兩個作者同姓氏,而且名字字首相同。假設我看到《普世之鑰》一書的作者是P・羅西,我不會知道他是任教於翡冷翠大學的哲學家保羅・羅西(Paolo Rossi),還是任教於都靈大學的哲學家皮耶特洛・羅西(Pietro Rossi)。J・柯恩是誰?法國美學評論家尚・柯恩(Jean Cohen),還是英國哲學家喬納森・柯恩(Jonathan Cohen)?

二、書名不該用雙引號(" "),基本上這個符號只用在期刊名或期刊文章標題。還有,書名裡的religion字首r應該用大寫R,因為英文名詞、形容詞和動詞字首都需要大寫,冠詞、介係詞、副詞則

否（但是如果出現在標題句尾則必須大寫，例如：
The Logical Use of If）。

三、只寫這本書在哪一個城市出版，卻不載明出版
社很令人討厭。假設你們找到一本書看起來很重
要，決定買下，卻只看到出版資料上寫著「米蘭，
1975年」。會是哪一家出版社呢？蒙達多利、李
佐利、盧思孔尼、博皮亞尼、菲特里內利，還是瓦
拉爾第？書店要向誰下訂單？如果只寫「巴黎，
1976年」，你們要寫信給哪一家出版社詢問呢？
如果這本書是古書，只能在圖書館或少數古籍書商
手上找到，可以只寫城市名（「阿姆斯特丹，1678
年」）。如果關於一本書只寫了「牛津」，此牛津
是指英國牛津，還是美國牛津？有很多重要作者的
書目只提供出版城市名，除非百科全書詞條裡有那
本書（為了節省空間，會遵照特定準則縮寫），否
則就是作者傲慢自大，瞧不起他的讀者。

四、這個書目中的「牛津」是錯的。這本書不是在
牛津出版，而是如扉頁所載，由牛津大學出版社出
版，這家出版社位於倫敦（及紐約和多倫多），在
格拉斯哥印刷，但是書目向來只寫出版社所在地，
不會寫印刷所在地（古籍除外，以前印刷廠一出版
社一書店一體，所以兩地實為一處）。我在一篇論

文裡看到某本書的資料是「博皮亞尼出版社，伐利亞諾」，因為那書不小心送到了伐利亞諾印刷。這麼寫的人會讓人以為他這輩子第一次看書。為保險起見，千萬不能只看扉頁上的出版資訊，還要看之後的版權頁。那裡有出版社所在地、出版年份及第幾版等資訊。

你們如果只看扉頁，會犯下令人不齒的錯誤，就像由耶魯大學出版社、康乃爾大學出版社或哈佛大學出版社出版的書，卻把耶魯、康乃爾和哈佛當成出版地點，但那並非地名，而是知名私立大學的出版社，設址於紐哈芬、綺色佳和牛津（麻州）。就好像一個外國人看到某本由天主教大學（Università Cattolica）出版的書，還以為出版地點是亞得里亞海沿岸某個迷人小鎮一樣。最後一點：最好保留出版地點的原文，巴黎就寫Paris，柏林就寫Berlin。

五、關於出版日期要視案例而定。扉頁上的日期不一定是真正的出版日期，很可能是最新版的出版日期。只有在版權頁才能看到第一版的出版日期（而且你們可能會發現第一版是由另一家出版社出版的）。有時候這個差別至關緊要。假設你們看到一則書目如下：

Searle, J., *Speech Acts*, Cambridge, 1974.

希爾勒，J.，《言語行為理論》，牛津，1974年。

撇開其他錯誤資訊不談，若是看版權頁便會知道該書於一九六九年初次出版。如果你們的論文需要確認希爾勒是在其他作者之前或之後提出言語行為理論，那麼初版日期非常重要。再者，你們若仔細閱讀該書前言，會知道那其實是他一九五九年在牛津大學完成的博士論文擴增版，也就是十年前，而在這十年間，那本書的不同章節在各大哲學期刊上發表過。

沒有人會寫出這樣的書目：

Manzoni, Alessandro, *I promessi sposi*, Molfetta, 1976.
曼佐尼，亞歷山德羅，《約婚夫婦》，摩爾菲塔，1976年。

只因為他手中有《約婚夫婦》近年在摩爾菲塔重新出版的版本。你們如果研究的是作者，處理希爾勒跟處理曼佐尼的標準是一樣的，無論如何絕對不能弄錯他們的作品。如果研究曼佐尼、希爾勒或威爾森的時候，你們用的是增訂新版作品，記得除了初版日期外，還要註明你們所本的那個版本出版日期。

上面我們談的都是不該怎麼做，接下來要談的是五種正確介紹上述兩本書的做法。當然還有其他準則，每一個準則都可能適用，只要能夠a.將書和文章或其他書的章節加以區分；b.清楚辨識作者名及書名；c.說明初版地點、出版社及版本；d.說明書的結構。下面五個例子一般來說都適用，只是我因不同考量偏好第一個：

1.	Searle, John R., 希爾勒，約翰·R.	*Speech Acts - An Essay in the Philosophy of Language*, 1ª ed., Cambridge, Cambridge University Press, 1969 (5ª ed., 1974), pp. VIII-204. 《言語行為理論：漫談語言哲學》，第一版，劍橋，劍橋大學出版社，1969年（第五版，1974年），頁VIII-204。
	Wilson, John, 威爾森，約翰·	*Philosophy and Religion - The Logic of Religious Belief*, London, Oxford University Press, 1961, pp. VIII-120. 《哲學與宗教：宗教信仰的邏輯》，倫敦，牛津大學出版社，1961年，頁VIII-120。
2.	Searle, John R.,	*Speech Acts* (Cambridge: Cambridge, 1969).
	Wilson, John,	*Philosophy and Religion* (London: Oxford, 1961).
3.	*Searle, John R.,*	Speech Acts, Cambridge, Cambridge University Press, 1ª ed., 1969 (5ª ed., 1974), pp. VIII-204.
	Wilson, John	Philosophy and Religion, London, Oxford University Press, 1961, pp. VIII-120.
4.	Searle, John R.,	Speech Acts. London: Cambridge University Press, 1969.
	Wilson, John,	Philosophy and Religion. London: Oxford University Press, 1961.
5.	SEARLE, John R. 1969	*Speech Acts - An Essay in the Philosophy of Language*, Cambridge, Cambridge University Press (5ª ed., 1974), pp. VIII-204.
	WILSON, John 1961	*Philosophy and Religion - The Logic of Religious Belief*, London, Oxford University Press, pp. VIII-120.

期刊

關於期刊的引用很簡單，期刊文章引用有下面三種模式：

Anceschi, Luciano, "Orizzonte della poesia", *Il Verri* 1 (NS), febbraio 1962: 6-21.

安伽斯基，魯奇亞諾，〈詩的範疇〉，*Il Verri* 第一期（新版），1962年2月，頁6-21。

Anceschi, Luciano, "Orizzonte della poesia", *Il Verri* 1 (NS), pp. 6-21.

Anceschi, Luciano, *Orizzonte della poesia*, in "Il Verri", febbraio 1962, pp. 6-21.

當然還有其他模式，但我們先看第一個模式和第三個模式。第一個模式的文章標題用了雙引號，而期刊名是斜體，第三個模式則是文章標題用斜體，期刊名用雙引號。為什麼第一個比較好？因為第一眼就知道〈詩的範疇〉（Orizzonte della poesia）不是書名，而是文章標題。也就是說期刊文章、書籍章節和研討會論文屬於同一個類別。第二個模式顯然是第一個模式的變形，省略了包含月份在內的出刊日期。第一個模式資訊完整，第二個模式的缺點便暴露無疑，至少要寫「Il Verri 1, 1962」。你們看到（NS），是指新版，這一點很重要，因為 *Il Verri* 期刊舊版也有第一期，於一九五六

年出刊。如果是舊版第一期（自然不可能出現「舊版」字樣），就應該這麼寫：

Gorlier, Claudio, "L'Apocalisse di Dylan Thomas", *Il Verri* I, 1, autunno 1956, pp. 39-46.

葛里葉，克勞迪歐，〈論狄蘭‧湯瑪斯的末世啟示錄〉，Il Verri 合訂本第一卷，第一期，1956年秋季號，頁39-46。

可以看到除了期刊號之外，還加註了全年合訂本編號。因此前一個書目格式可以修改如下：

Anceschi, Luciano, "Orizzonte della poesia", *Il Verri* VII, 1, 1962: 6-21.

安伽斯基，魯奇亞諾，〈詩的範疇〉，Il Verri 合訂本第七卷，第一期，1962年，頁6-21。

如果沒有新舊版問題的話，自然不需要載明合訂本編號。此外，有些期刊號是逐年遞增（或是以卷為單位編號，一年之中可以出版多卷）。因此如果想要，也可以不寫期刊號，只需要標明出版年份和起訖頁碼即可：

Guglielmi, Guido, "Tecnica e letteratura", *Lingua e stile*, 1996, pp. 323-340.

古耶米，圭多，〈技術與文學〉，《語言與風格》，1996年，頁323-340。

我如果去圖書館找這本期刊，會發現第三二三頁是在合訂本第一卷的第三期（按：下文原作I,1，依此校改。），但我不需要折磨我的讀者（雖然有些作者會這麼做），下面這個格式比較簡便：

Guglielmi, Guido, "Tecnica e letteratura", *Lingua e stile*, I, 3, 1966.

古耶米，圭多，〈技術與文學〉，《語言與風格》合訂本第一卷，第三期，1996年。

這麼寫，即便我沒有提供頁碼，卻更容易找到該篇文章。再者，如果我想向出版社訂購早年出版的那本期刊，我需要知道的不是頁碼，而是第幾卷。不過頁碼可以讓我知道那篇文章的篇幅是長或短，所以仍然是有用的資訊。

有多名作者及主編者

我們接下來要看的是大部頭作品，包括作者自己收錄不同文章的合集，以及不同書籍的合集。下面是一個簡單的格式：

Morpurgo-Tagliabue, Guido, "Aristotelismo e Barocco" in AAVV, *Retorica e Barocco*. Atti del III Congresso Internazionale di Studi Umanistici, Venezia, 15-18 giugno 1954, a cura di Enrico Castelli, Roma, Bocca, pp. 119-196.

摩普格-塔亞布耶，圭多，〈亞里斯多德學派和巴洛克〉，合著，《修辭學與巴洛克》，第三屆人文研究國際研討會論文集，威尼斯，1954年6月15-18日，恩立克‧卡斯特利主編，羅馬，博卡出版社，頁119-196。

這個格式的內容告訴我什麼？所有我需要知道的資訊，包括：

一、這是跟其他論文一起被收錄進合集的一篇論文，也就是說圭多‧摩普格-塔亞布耶寫的不是一本書，儘管我們從起訖頁碼（共七十七頁）得知那份研究論文分量十足。

二、合集標題為《修辭學與巴洛克》，收錄了多位作者（AAVV或AA.VV.）的論文。

三、這本合集是研討會論文集，知道這一點很重要，因為這種書目很可能在圖書目錄中被歸在「研

討會、會議論文集」條目下。

四、主編是恩立克・卡斯特利。這個資訊至關緊要，不只是因為我在某些圖書館很可能得用這個名字搜尋這本論文集，同時，根據英國圖書館登錄習慣，多位作者合著的書不能用A（AAVV多位作者）查詢，得用主編名查詢。因此這本論文集如果用義大利書目格式書寫的話，應該是：

AAVV, *Retorica e Barocco*, Roma, Bocca, 1955, pp. 256, 20 tav.
多位作者合著，《修辭學與巴洛克》，羅馬，Bocca出版社，1955年，頁256，表20。

但是如果用美國格式書寫的話，會是：

Castelli, Enrico (ed.), *Retorica e Barocco etc.*

ed.是指「編者」，義大利文可以是curatore，或寫a cura di（如果是eds.則表示有多位編者）。
今天若依循美國格式，很可能會有人把這條書目寫成：

Castelli, Enrico (a cura di), *Retorica e Barocco* etc.

知道這些區別，有助於我們在圖書館藏書目錄或書目中找到我們需要的資料。

在第三章第二節之四〔3.2.4〕，我們會看到關於尋找書目的實際經驗。我要引用的第一段文字出自噶爾藏提出版社的《義大利文學史》，提及圭多．摩普格-塔亞布耶那篇論文的時候是這麼寫的：

da tener presenti⋯ il volume miscellaneo *Retorica e Barocco, Atti del III Congresso Internazionale di Studi Umanistici*, Milano,1955, e in particolare l'importante saggio di G. Morpurgo-Taglia-bue, Aristotelismo e Barocco.

特別是⋯⋯《修辭學與巴洛克》合集，第三屆人文研究國際研討會論文集，米蘭，1955年，其中包括G．摩普格-塔亞布耶的重要論文〈亞里斯多德學派和巴洛克〉。

這是很糟糕的書目寫法，因為（一）作者姓名不完整；（二）會讓人誤以為研討會在米蘭舉行，或是出版社位在米蘭（以上都不正確）；（三）未載明出版社；（四）未說明論文長度；（五）未說明論文集主編者是誰，只有「合集」一詞說明該書收錄了多位作者的文章。

我們如果在書目卡片上這樣寫，問題就大了。書目卡片

應該要保留空白，以便填寫我們目前找不到的資料。因此卡片上可以這麼寫：

Morpurgo-Tagliabue, G...

"Aristotelismo e Barocco", in AAVV, *Retorica e Barocco -*
Atti del III Congresso Internazionale di Studi Umanistici,
..., a cura di ..., Milano, ... 1995, pp. ...

G……摩普格-塔亞布耶
〈亞里斯多德學派和巴洛克〉，合著，《修辭學與巴洛克》，第三屆人文研究國際研討會論文集，……，……主編，米蘭，…….，1955，頁……

留下空白，日後如果在另一個參考書目或圖書館目錄或該書封面上找到我們需要的資料，就可以填寫上去。

有多名作者但無主編者

假設我們要登錄的是一本書中某篇文章的資料，而那本書有四名作者，但是沒有人掛名主編。舉例來說，我手邊有一本德文書，四篇文章的作者分別是T.A. van Djik、Jens Ijwe、Janos S. Petöfi及Jannes Rieser。通常這種情況，為了方便，只會在第一位作者姓名後面加上et al.，意思是「等人」：

Djik, T.A. van et al., *Zur Bestimmung narrativer Strukturen* etc.

我們接下來看一個比較複雜的例子。那是一篇很長的論文，收錄在一部十二冊合集著作中的第三冊，每一冊都有自己的標題，跟合集標題不同：

Hymes, Dell, "Anthropology and Sociology", in Sebeok, Thomas A., ed., *Current Trends in Linguistics*, vol. XII, *Linguistics and Adjacent Arts and Sciences*, t. 3, The Hague, Mouton, 1974, pp. 1445-1475.
海姆斯，戴爾，〈人類學與社會學〉，西比奧克，湯瑪斯・A.，主編，《語言學的當前趨勢》，共十二冊，《語言學及相關之藝術與科學》，第三冊，海牙，木桐出版社，1974年，頁1445-1475。

這個寫法是因為我引用的是戴爾・海姆斯的文章。但是如果我要引用的是合集，那麼讀者想要知道的就不再是那篇文章收錄在哪一冊，而是這部合集究竟有多少冊：

Sebeok, Thomas A., ed., *Current Trends in Linguistics*, The Hague, Mouton, 1967-1976, 12 voll.
西比奧克，湯瑪斯・A.主編，《語言學的當前趨

勢》，海牙，木桐出版社，1967-1976年，共十二冊。

如果我要引用的一篇文章收錄在同一位作者的論述文合集中，寫法跟多位作者的書目寫法差不多，只是得把作者姓名放在書名前面：

Rossi-Landi, Ferruccio, "Ideologia come progettazione sociale", in *Il linguaggio come lavoro e come mercato*, Milano, Bompiani, 1968, pp. 193-224.

費魯丘．羅西-蘭蒂，〈社會規劃之意識形態〉，《勞動與市場語彙》，米蘭，博皮亞尼出版社，1968年，頁193-224。

由上面這個書目可以看到，如果涉及某本書中的某個章節，介係詞用in，如果是期刊內文章則不用in，文章標題後面直接放期刊名即可。

系列叢書

更完整的書目資訊最好能加入書出版時所屬的叢書名稱。對我而言，這個資訊並非絕對必要，因為只要知道作者、書名、出版社及出版日期就足以找出那本書。不過在某些領域，系列叢書也可以說是一種品質保證，或構成一定的

學術指標。通常系列叢書名會放在文章標題後面，同時標註那本書在叢書中的編號：

Rossi-Landi, Ferruccio, *Il linguaggio come lavoro e come mercato*, "Nuovi Saggi Italiani 2", Milano, Bompiani, 1968, pp. 242.

羅西-蘭蒂，費魯丘，《勞動與市場語彙》，義大利新論述叢書2，米蘭，博皮亞尼出版社，1968年，頁242。

作者未具名，或用筆名等

有時候作者未具名，或用筆名，或沿用百科全書上的縮寫。

第一個情況只需要在作者的位置放上「佚名」即可。若是第二個情況，要在筆名後面括號裡補充真實姓名（如果當時已知），萬一仍然存疑，或許還可以多加一個問號。但如果大家向來認定作者是某某人，而近期有評論對其身分提出質疑，那麼可以在名字後面加上「偽」。例如：

Longino（Pseudo）, *Del Sublime.*
隆吉諾（偽），《論昇華》。

第三個情況，假設《特雷卡尼百科全書》上詞條「十七

世紀主義」出現了縮寫M.Pr.，得去書的最前面找縮寫表，然後就會知道完整姓名是馬利歐・普拉茲（Mario Praz）。因此書目會這麼寫：

M(ario) Pr(az), "Secentismo", *Enciclopedia Italiana* XXXI.

馬（利歐）・普（拉茲），〈十七世紀主義〉，《義大利百科全書》第三十一冊。

現收錄於

有些作品被收錄到該作者的作品合集，或是收錄到與其他作者並列的選集中，但第一次發表是在期刊上。如果對論文主題而言是次要參考資料，引用最容易找到的出處即可，但如果論文專門探討過這個作品，那麼就歷史精確度而言，第一次發表的相關資訊便十分重要。沒有人禁止你們選用最容易找到的版本，不過如果共同選集或個人作品合集的編纂工作夠嚴謹，應該可以在書中找到該作品的初版紀錄。由以上說明，可以整理出下列書目資訊：

Katz, Jerrold J. e Fodor, Jerry., "The Structure of a Semantic Theory", *Language* 39,1963, pp. 170-210（ora in Fodor Jerry A. e Katz Jerrold J., eds., *The Structure of Language*, Englewood Cliffs, Prentice-Hall, 1964, pp. 479-518）

凱茲，傑洛德・J.、福多・傑瑞合著，〈語義學理論結構〉，《語言》第39期，1963年，頁170-210（現收錄在凱茲、福多主編，《語言結構》，恩格爾伍德克利夫斯，普林帝斯-霍爾出版社，1964年，頁479-518）。

如果需要整理的是以作者—出版年份優先的書目（在第五章第四節之三｛5.4.3｝會談到），就要把初版年份放在最外面：

Katz, Jerrold J. e Fodor A.

1963　　"The Structure of a Semanti Theory", *Language* 39（ora in Fodor Jerry A. e Katz Jerrold J., eds., *The Structure of Language*, Englewood Cliffs, Prentice-Hall, 1964, pp. 479-518）

凱茲，傑洛德・J.、福多・A.合著

1963年　〈語義學理論結構〉，《語言》第39期（現收錄在凱茲、福多主編，《語言結構》，恩格爾伍德克利夫斯，普林帝斯-霍爾出版社，1964年，頁479-518）。

引述報刊文字

引述報紙及週刊文字的處理方式跟引述期刊內容相同，

只是為了便於搜尋，需要註明的是日期，而非出刊號。若只是引述一段文字，未必需要註明頁碼（不過註明頁碼總是會有用的），也不需要註明刊載的報紙欄位。可是如果論文研究主題是平面媒體，那麼這些資訊就分外重要：

Nascimbeni, Giulio, "Come l'Italiano santo e navigatore è diventato bipolare", *Corriere della Sera*, 25.6.1976, p.1, col. 9.
納許貝尼，朱利歐，〈義大利聖人和航海家如何變成躁鬱症患者〉，《晚郵報》，1976年6月25日，頭版，第九欄。）

如果報紙性質不是全國性或國際性（像泰晤士報、世界報或晚郵報），最好加註發行城市，例如Il Gazzettino (Venezia), 7.7.1975.（《公報》（威尼斯），1975年7月7日。）

引述官方檔案或歷史資料

關於官方資料引述，不同學科有不同縮寫和編碼，同樣的，跟古代手稿相關的書目也有特定縮寫，這裡就不再以文學作品為例。只需要記得某些學科常用某些縮寫，不需要額外解釋說明。如果有人研究美國國會法案，有一本美國教科書建議採用這一類縮寫模式：

S. Res. 218, 83d Cong., 2d Sess., 100 Cong. Rec. 2972
(1954).

專業人士自然能夠解讀如下：「參議院第218號決議
文，於1954年第八十三屆大會二讀通過，載於第100卷第
2972頁開始的國會紀錄。」

如果研究主題是中世紀哲學，引述文章出處縮寫為
P.L., 175, 948（或是PL, CLXXV, col. 948），大家都知道意
思是十九世紀法國天主教神父米涅的《基督教早期教父拉
丁論述文集》（Patrologia Latina），第一百七十五卷，第
九百四十八欄。這本文集收錄了中世紀基督教的重要拉丁文
著作。但是如果你打算從頭建立一套書目卡片的話，第一次
最好能把這本著作完整版本的書名寫下來，因為之後撰寫總
書目的時候應該會派上用場：

Patrologiae Cursus Completus, Series Latina, accurante
J.P. Migne, Paris, Garnier, 1844-1866, 222 voll. (+
Supplementum, Turnhout, Brepols, 1972).

《基督教早期教父著作全集》，拉丁文系列，米涅
編纂，巴黎，卡尼爾出版社，1844到1866年，第
二二二卷（增補，蒂倫豪特，布雷普出版社，1972
年。

引述經典作品

關於經典作品引述，有通用模式可沿用，例如書名／章節／段落或詩句。有些作品早年就根據某些準則做過分類，因此今天編纂者即使加入其他說明，也會保留傳統的圖書編號。所以如果引述的是亞里斯多德的《形上學》中非矛盾定律，那麼書目會這麼寫：*Met.* IV, 3, 1005 b, 18.

查爾斯‧桑德斯‧帕爾斯的《帕爾斯全集》通常會這麼寫：*CP*, 2.127.

若是聖經的某段經文，則會寫：1 *Sam.* 14：6-9（撒母耳記上，14：6-9）。

古典悲劇和喜劇作品（現代亦然）要用羅馬數字表示劇幕，用阿拉伯數字表示場次，必要時還須說明韻文段落：*Bisbetica*, IV, 2：50-51（《馴悍記》，第四幕，第二場，50-51段）。英國人比較喜歡這麼寫：*Shrew*, IV, ii, 50-51。

當然前提是論文讀者知道《馴悍記》指的是莎士比亞的《馴悍記》。如果論文主題是伊莉莎白時期的劇場，那麼不會有問題，但是如果是探討心理學研究時為表現自己博學優雅順帶一提，最好提供更完整的資料。

第一個準則是實用易理解。如果我用II.27.40.表示但丁《神曲》一段韻文，可以合理推斷出我指的是《神曲》第二部第二十七歌第四十段。不過但丁學者比較喜歡Purg. XXVII, 40這個寫法，這時候遵循學科慣用模式較佳，這是第二個準則，跟第一個準則同樣重要。

要留意的是，有些作品情況不明。例如十七世紀哲學家帕斯卡的《思想錄》要看所指的是布倫茨威格版（按：由Léon Brunschvicg整理的權威版本）或是另一個版本，不同版本章節排序不同。這些事情在閱讀自己研究主題的評析解讀時就會學到。

引述未出版作品及私人檔案

若引述論文、手稿之類文本，需要清楚說明。以下是兩個例子：

La Porta, Andrea, *Aspetti di una teoria dell'esecuzione nel linguaggio naturale*, Tesi discussa alla Facoltà di Lettere Filosofia, Bologna, A.A. 1975-76.
拉・博塔，安德烈，〈自然語言執行理論探討〉，文學哲學院論文，波隆納，1975-76學年。

Valesio, Paolo, *Novantiqua: Rhetorics as a Contemporary Linguistic Theory*, dattiloscritto in corso di pubblicazione (per gentile concessione dell'autore).
瓦雷西歐，保羅，《Novantiqua：修辭學當代語言理論》（出版中，作者提供手稿）。

也可以引述私人信件及個人通訊內容。如果不是太重

要，只需在註解中說明即可，若是對論文而言至關緊要，那麼就得寫入書目：

Smith, John, Lettera personale all'autore (5.1.1976).
史密斯，約翰，作者私人信函（1976年5月1日）。

之後在第五章第三節﹝5.3﹞會談到引述這類文本的時候，徵詢提供者的同意是基本禮貌，如果是口述內容，應打字後請對方過目。

原文和譯文

嚴格來說，一本書無論是用來參考或引述，都應該使用原文，但事實並非如此。因為有些語言不是**非懂不可**（例如保加利亞文），另外有些語言懂或不懂也不是義務（大家總認為所有人都會一點法文和英文，懂德文的人比較少，對義大利人而言，即便沒有學過西班牙文和葡萄牙文也多少能懂一些，這點其實是錯覺，同樣是錯覺的還有，一般來說沒有人懂俄文或瑞典文）。再者，有些書閱讀翻譯版本一點問題都沒有。如果論文研究題目是莫里哀，那麼閱讀他作品的義大利文翻譯版本就很不應該。可是如果論文研究義大利統一運動的歷史，那麼閱讀丹尼斯·麥可·史密斯義大利版的《義大利史》（拉特爾札出版社）問題不大。而且在書目裡可以老實說自己看的是義大利文版。

然而，你們的參考書目很可能對其他人也有用，而他們需要原文版，所以若能提供原文版本及譯文版本兩者的資料最好。類似的情況是，你們讀了一本英文書，提供的自然是這本書的英文書目資料，但是也可以讓其他讀者知道是否有義大利文版，以及出版社名稱。所以最好的書目格式如下：

Mack Smith, Denis, *Italy. A Modern Hystory*, Ann Arbor, The University of Michigan Press, 1959 (tr. It di Alberto Acquarone, *Storia d'Italia - Dal 1851 al 1958*, Bari, Laterza, 1959).

麥可・史密斯，丹尼斯，《義大利現代史》，安娜堡，密西根大學出版社，1959年（義大利文版，譯者亞伯特・阿夸隆內，《義大利史：1851年至1958年》，巴里，拉特爾札出版社，1959年）。

有沒有例外？有。舉例來說，如果你們不是用希臘文寫論文，但是（在一篇研究法律的論文中）引用了柏拉圖的《共和國》，可以引用義大利文版沒問題，只是得說明譯本和出版譯本的出版社。

同樣的，如果論文探討的是文化人類學，而你們必須引述這本書：

Lotman, Jurij M. e Uspenskij Boris A., *Tipologia della cultura*, Milano, Bompiani, 1975.

洛特曼，尤利・M.及伍斯潘思基・伯里斯・A.，
《文化類型學》，米蘭，博皮亞尼出版社，1975
年。

大可以心安理得地只引述義大利譯本，理由有二：你
們的論文讀者不太可能有強烈欲望對照俄文原文，更何況俄
文版根本不存在，因為這本書收錄了發表在不同期刊上的論
文，編纂者是義大利人。你們最多可在書名後面加註：雷
默・法卡尼及馬爾茲歐・馬爾扎杜利編纂。只不過如果論文
研究的主題是符號學現況，那麼就得更為縝密。我知道你們
無法閱讀俄文（而且論文主題不是蘇俄符號學），但是如果
這本書對你們而言不是一般參考書目，假設其中第七篇文章
是重點討論對象，那麼你們就需要知道這篇文章第一次發表
是什麼時候，在哪裡發表，也就是說該書編纂者寫在書名註
解中的所有資訊都有用。因此關於這篇文章，可以記錄如
下：

Lotman, Jurij M., "O ponjatii geograficeskogo
prostranstva v russkich srednevekovych tekstach", *Trudy
po znakovym sistemam* II, 1965, pp. 210-216 (tr. It. Di
Remo Faccani, "Il concetto di spazio geografico nel testi
medievali russi", in Lotman, Jurij M. e Uspenskij Boris A.,
Tipologia della cultura, Milano, Bompiani, 1975).
尤利・M. 洛特曼，〈O ponjatii geograficeskogo

prostranstva v russkich srednevekovych tekstach〉, *Trudy po znakovym sistemam* II, 1965, pp. 210-216（義大利文版，雷默‧法卡尼及馬爾茲歐‧馬爾扎杜利編纂，〈蘇俄中世紀時期文本中的地理空間概念〉，收錄在洛特曼，尤利‧M.及伍斯潘思基‧伯里斯‧A.，《文化類型學》，米蘭，博皮亞尼出版社，1975年）。

這麼寫，並沒有假裝自己看過原文，因為你們註明了參考資料是義大利文版，同時又提供了讀者所有相關資訊，以備不時之需。

至於沒有譯本的小語種作品，在必須記錄有這本書的情況下，可以在原文書名後面括號內放入義大利文書名。

最後一個案例：乍看之下十分複雜，而「完美」的解決方法似乎過於瑣碎，我們看看該如何適度精簡。

大衛‧艾佛隆是阿根廷猶太人，一九四一年在美洲出版了一本書，以英文撰寫，研究紐約猶太人和義大利人的手勢，書名是《手勢與環境》（*Gesture and Environment*）。直到一九七〇年才在阿根廷發行西班牙文版，書名與英文版不同，叫作《手勢，種族與文化》（*Gesto, raza y cultura*）。一九七二年，在荷蘭發行英文新版，書名跟西班牙文版一樣，《手勢，種族與文化》（*Gesture , Race and Culture*）。義大利文版譯自英文新版，書名是《手勢，種族與文化》（*Gesto, razza e cultura*），一九七四年出版。這本書的書目要

怎麼寫？

　　我們先從兩個比較極端的假設切入。如果論文研究的主題是大衛・艾佛隆，那麼最後書目應該要有一欄保留給這位作者的著作，所有版本都要按照出版時間順序一一羅列，並且註明每一本書的原版是哪一本。這是假設論文作者讀過所有版本，因為他必須檢查比對是否有修改或刪減。第二個假設是論文主題談的是跟移民問題有關的經濟、政治及社會研究，之所以提及大衛・艾佛隆單純是因為他寫的這本書裡面有可用的背景資訊，那麼只需要列出義大利文版即可。

　　再來這個假設比較折中。做為參考書目，這本書不是很重要，但是重要的是知道這個研究完成於一九四一年，不是近年之作。比較好的書目寫法是：

Efron, David, *Gesture and Environment*, New York, King's Crown Press, 1941 (tr. It. Di Michelangelo Spada, *Gesto, razza e cultura*, Milano, Bompiani, 1974).
艾佛隆，大衛，《手勢與環境》，王冠出版社，1941年（義大利文版，米開朗傑羅・斯帕達譯，《手勢，種族與文化》，米蘭，博皮亞尼出版社，1974年。

　　雖然義大利文版在版權頁上載明初版本於一九四一年由王冠出版社出版，但是沒有附上原始書名，卻寫出了一九七二年荷蘭版的書名。這是很嚴重的疏失（我敢這麼

說，是因為當時艾佛隆那本書所屬的叢書主編是我），因為寫畢業論文的學生很可能把一九四一年版的書名記錄成《手勢，種族與文化》，所以切記要從不同來源檢查書目資料。如果今天寫論文的學生比較積極進取，想要提供艾佛隆這本書充分的資訊，並且呈現其他學者陸續發現他的過程，可以將資訊整理如下：

Efron, David, *Gesture and Environment*, New York, King's Crown Press, 1941 (2a ed., *Gesture , Race and Culture*,The Hague, Mouton, 1972; tr. It. di Michelangelo Spada, *Gesto, razza e cultura*, Milano, Bompiani, 1974).

大衛・艾佛隆，《手勢與環境》，王冠出版社，1941年（第二版，《手勢，種族與文化》，海牙，木桐出版社，1972年；義大利文版，譯者米開朗傑羅・斯帕達，《手勢，種族與文化》，米蘭，博皮亞尼出版社，1974年。

由此得知，書目資訊的完整程度依論文性質而異，也因該書在論述中扮演的角色而異（第一手資料、第二手資料、輔助資料、附帶資料等等）。

根據這些原則，現在你們也可以為論文整理最後的參考書目了。等到第五章，我們再繼續往下說。在第五章第四節之二〔5.4.2〕和第四節之三〔5.4.3〕，你們會看到兩頁範例

（表十六、十七），分別是註釋和參考書目，可以比對兩者之間的關係。**接下來幾頁是依前述所有內容所做的綱要式整理。**我們想要知道的是如何好好地引用書目，之後才能完成參考書目清單。而以上說明絕對足以讓大家做出一份正確無誤的書目清單。

最後，表二是書目卡片範例。可以看見我在做書目搜尋的時候，一開始先列出義大利文譯本，之後我在圖書館目錄中找到書，在卡片右上角抄寫圖書館名稱縮寫及圖書分類號，等我把書拿到手，再把版權頁上原文版的書名和出版社抄下來。我在版權頁沒有找到出版年份，但是在封面摺頁那裡找到了，我做了註記，但是有所保留。我還說明為什麼這本書值得一看。

表一

引用書目格式整理

花了這麼長篇幅解釋參考書目，我們現在試著依照這些準則整理羅列出一份參考書目清單。我們強調該強調的，該放進書名或篇名號的就放進書名或篇名號，該打逗號便打逗號，讓括號也出現在該出現的地方。

前面加*號，表示這一點是基本資訊，絕對不能遺漏。其他的則依論文性質而異。

專書

* 1. 作者姓名（若為合集，須加上「……等合著」，或主編姓名。若是筆名或姓名誤植可加以說明）

* 2.《書名及副標題》

3.（《叢書名》）

4. 版次（如果多次再版）

* 5. 出版社所在地：如果書中未載明，請寫s.l.（未載明地點）

* 6. 出版社：如果沒有，就省略

* 7. 出版年月：如果書中未載明，請寫s.d.（未載明出版年份）

8. 再版依據的最近版本

9. 頁數，如果不只一冊請註明冊數

10.（譯本：如果書名是外文，有義大利文版，請載明譯者姓名、義大利文書名、出版社所在地、出版社、出版年月，以及頁數）

期刊論文

* 1. 作者名

* 2.〈文章標題〉

* 3.《期刊名》

＊　4. 該期期刊卷號及期號（若是復刊，須加以說明）

　　5. 出版年月

　　6. 文章所在頁碼

專書章節、研討會論文、合集單篇文章

＊　1. 作者姓名

＊　2.〈文章或章節標題〉

＊　3. 收錄在

＊　4. 合集的主編姓名，或註明「……等合著」

＊　5.《合集書名》

　　6.（若是多位作者合著，可說明主編姓名）

＊　7. 收錄該篇文章的作品冊號

＊　8. 出版社所在地、出版社、出版年份及頁數（同單一作者專書）

表二

書目卡片範例

埃利希・奧爾巴赫

《論模擬：西方文學中現實的再現》，都靈，埃伊瑞迪出版社，1956年，共2冊，pp. XXXIX-284及350

原文書名：
Mimesis: Dargestellte Wirklichkeit in der abendländischen Literatur, Bern，Francke 出版社⋯⋯1946年

[見第二冊〈《巨人傳》主人翁龐大古埃口中的世界〉]

3.2.4 亞歷桑德里亞圖書館：一個實驗

有人或許會提出異議，認為我給的建議對學有專精的學者有用，但是對於準備寫論文但缺乏專論基礎的年輕人而言，會遇到重重困難，例如：

‧或許因為住在小鄉鎮，所以沒有藏書豐富的圖書館作後盾。

‧對於自己要找什麼，概念十分模糊，面對與研究主題相關的圖書目錄也不知道從何著手，因為指導教授沒有給予足夠的指引。

‧無法到不同圖書館查閱資料（因為沒有錢、沒有時間、生病了等等原因）。

我們想像一個各種條件匱乏的案例。一名半工半讀的大學生在四年間很少去學校，只跟一位教授保持不定期聯絡，假設那位教授的研究領域是美學或義大利文學史。學生才開始準備畢業論文，他只剩下最後一學年的時間。九月左右他總算接觸到那位教授，或教授的助理，可是那段時間是考試高峰期，所以那次談話很匆忙。教授對他說：「要不要試著研究義大利巴洛克時期論述文中的隱喻觀？」談完之後學生回家，他的家鄉是個只有一千個居民的小鎮，沒有公立圖書館。距離他家最近的大城市（九萬居民）要半個小時車程。

那裡有一間市立圖書館，對外開放時間是上午和下午。如果他跟公司請兩個半天的假，就可以去看看在那裡找到的資料能不能讓他對論文有初步概念，運氣好的話，說不定足以讓他完成論文，不需要東奔西跑。他沒有能力負擔昂貴的購書費用，可以在那間圖書館申請看微縮膠片。他最多可以在一月至四月份之間跑兩到三趟另一個大學城（那裡的圖書館藏書比較豐富），不過現階段他只能依靠自家當地的圖書資源。如果必要，他可以購入幾本最近出版的新書，平裝版，預算最多兩萬里拉。

這是虛構的學生背景。我試著將自己代入他的情境，在距離亞歷桑德里亞（九萬居民，有一間市立圖書館、一間美術館）二十三公里的蒙費拉托山北麓一個小鎮上寫下這幾行字。最近的大學城是熱內亞（一小時車程），距離省府都靈或帕維亞一個半小時。三個小時可到波隆納。這個條件還算不錯，不過我們不把大學城算進去，只鎖定亞歷桑德里亞。

此外，我選了一個之前從未深入研究過的議題，那就是巴洛克時期論述文中的隱喻觀。當然，我對這個議題並非全然陌生，因為我本來就專攻美學和修辭學研究，我知道義大利近十年來出版了幾本談巴洛克的書，作者包括喬凡尼‧傑托，魯奇亞諾‧安伽斯基，艾茲歐‧萊伊孟迪。我也知道十七世紀有一本論述文集，是艾曼努艾雷‧特掃羅的《亞里斯多德的望遠鏡》，就隱喻觀做了充分的討論。不過這是那名學生基本該知道的，因為他應該在三年級學期末通過了某一科考試，如果照他所說的跟教授持續有聯絡，應該讀過那

位教授的著作，書中對於相關論述都有提到。無論如何，為了讓實驗更嚴謹，我假裝對我原先知道的一無所知，我最多只知道高中時期學到的，巴洛克是十七世紀的藝術和文學風格，隱喻是修辭學的一種手法。沒有了。

我決定花三個下午的時間做初步研究，從三點到六點，一共有九個小時可用。這九個小時不用來看書，而是用來做第一次書目整理。接下來幾頁的內容就是我在九個小時之內完成的事。我想要呈現的不是工作成果優良範本，而是如何啟動工作，好讓我做接下來其它決定。

根據本章第二節之一｛3.2.1｝，走進圖書館的我有三件事可以做：

一、開始檢查以主題做分類的圖書目錄。我可以在下列分類中做搜尋：「義大利（文學）」、「文學（義大利）」、「美學」、「十七世紀」、「巴洛克」、「隱喻」、「修辭」、「論述文集」、「詩學／詩論」[3]。圖書館有兩本圖書目錄，一本記錄古典著作，一本是修訂版，兩本都依主題和作者分類。這兩本目錄還未整合，所以兩本都得查詢。我很可能會這麼想：如果要找一本十九世紀的書，肯定會在古典著作目錄那本裡面。錯了。如果圖書館十一年前從古董書商購入這本書，那麼會記錄在新的目錄裡。我唯一有把握的是，如果我要找的書是近十年出版的，那麼只會記錄在新圖書目錄裡。

二、開始借閱文學百科全書及文學史相關圖書。在
文學史（或美學史）類別書籍中找十七世紀或巴
洛克章節。在百科全書中找十七世紀、巴洛克、隱
喻、詩學、美學等詞條，跟第一點一樣。

三、向圖書館管理員請益。我立刻排除了這個選
項，一是因為放棄很容易，同時也是因為我還沒有
建立明確的主題。其實我認識圖書館管理員，我告
訴他我在做什麼之後，他就開始用他知道的一大堆
書名轟炸我，其中不乏德文書和英文書。我想要儘
快釐清一條主軸，所以沒有理會他的建議。他還讓
我享有一次借閱多本書的特權，但我很客氣地婉拒
了，只找一般服務人員協助。我必須循正規模式控
管時間和工作進度。

原註3：找到「美學」、「十七世紀」、「巴洛克」這些分類應該很容易，但是要在
「詩學」這個分類裡找資料，恐怕比較棘手。我的意思是，我們不能奢求一名學生從
零開始，立刻就能釐清論文題目，很可能他連題目特性都説不清楚。所以必須靠指導
教授，或某個朋友，或閱讀某本書才能開竅入門。至於一般性的「巴洛克詩學」或
「詩論」（或藝術探討）應該或多或少聽過。總之，我們假設這名學生具有一定的認
識。

我選擇從主題分類的圖書目錄著手，這個選擇有點糟，因為我運氣太好。在「隱喻」這個類別下我找到朱瑟培‧孔特的《巴洛克時期的隱喻觀：十七世紀詩論》，米蘭，穆爾西亞出版社，一九七二年。這根本就是我要寫的論文。我如果臉皮厚一點，可以直接抄襲，不過這麼做未免太蠢，因為可想而知我的指導教授一定也知道這本書。我如果想寫一篇有見解的精彩論文，這本書反而陷我於困境，因為除非我能寫出更厲害的不同看法，否則就是浪費時間。我如果想老老實實寫一篇編纂型論文，這本書是絕佳起點，我可以從這本書開始著手，不會有其他問題。

　　這本書的缺點是最後沒有羅列參考書目，但是在每一章後面都有密密麻麻的註，除了專書之外，還有很多節錄和評論。我差不多能整理出五十個書名，雖然後來我發現孔特常常談及美學和當代符號學著作，跟我要做的研究沒有直接關係，但是點出了我的研究議題和當代問題之間的關係。這些指引可以幫助我勾勒出一個有點新意的論文，以巴洛克和當代美學之間的關係為主題。這部分稍後再做說明。

　　我找到的五十本「歷史」專書書名等於是前置作業成果，可以到作者分類圖書目錄去做進一步搜尋。

　　但是我決定也放棄這個選項。之前受幸運之神眷顧實在太難得，因此我乾脆當作圖書館裡沒有孔特這本書，或這本書沒有被列入以主題分類的圖書目錄裡。

　　為了讓工作更有系統，我決定進入下一個步驟：去圖書

館諮詢室查閱相關資料，而且要從《特雷卡尼百科全書》開始。

在《特雷卡尼百科全書》裡沒有「巴洛克」這個詞條，但是有「巴洛克藝術」，談的是具象藝術。B字頭這一冊編纂於一九三〇年，答案揭曉：當時義大利還沒有重新審視巴洛克的價值。於是我想到可以找「十七世紀主義」，這個名詞有很長一段時間都帶有貶義，直到一九三〇年為止，當時文化界廣泛受到克羅齊對巴洛克提出質疑的影響，或許正是因為如此才有了這個詞條。結果倒是令人驚喜：這個詞條寫得很好，很全面，涵蓋了那個時代的所有問題，包括義大利巴洛克時期的理論家和詩人，例如馬利諾和特掃羅，其他國家如何體現巴洛克，例如西班牙作家巴爾塔沙・葛拉西安、英國劇作家約翰・利利、西班牙詩人貢哥拉、英國詩人克魯索等等。還有很精采的節錄和豐富的書目。我看到「十七世紀主義」詞條所在的這一冊百科全書出版年份是一九三六年，看到撰寫這則詞條的人姓名所寫，發現他是義大利文學評論家兼作家馬利歐・普拉茲。那三天最好的收穫莫過於此（今天來看仍然如此）。不過我們得接受那名學生很可能不知道普拉茲是多麼偉大、犀利的評論家，但是他能感覺到這個詞條多麼振奮人心，之後會決定大量抄寫進他的書目卡片裡。現在他得先準備書目，結果發現詞條寫得很精采的這位普拉茲還寫了另外兩本書，也跟這個議題有關：《英國的十七世紀主義和馬利諾主義》，一九二五年出版，以及《論概念主義》，一九三四年出版。於是他將這兩本書也寫進書

目卡片裡。之後他找到幾本義大利文書,作者包括克羅齊和另一位文學評論家兼作家達孔納,連忙抄入筆記。他還參考了一位當代評論家兼詩人T.S.艾略特的著作,最後身陷一長串英文書名和德文書名中。可想而知他全都抄下來了,雖然他不懂英文和德文(這點我們之後再說)。接著他發現普拉茲談的十七世紀主義是通論,而他要找的是針對義大利的資料。國外的情況固然可以當做背景予以關注,但是應該不能從那裡著手。

我們再回去《特雷卡尼百科全書》裡找「詩學」(沒有找到,建議參考「修辭」、「美學」和「文獻學」)、「修辭」和「美學」。

修辭這則詞條也很豐富,有一段在談十七世紀,需要仔細看,但是沒有找到任何專書的資訊。

美學這則詞條是由義大利哲學家卡洛傑羅撰寫,在三〇年代,美學這門學科多被視為哲學範疇。有談到義大利修辭學者詹巴蒂斯塔‧維柯,但是沒有提及巴洛克時期的論述學者。這反而讓我看到一個可能:我如果要找義大利文資料,比較容易在文學評論和文學史類別裡找到,不能去哲學史類別找(之後會說明,至少直到近年為止都是如此)。在「美學」詞條裡我找到了一長串古典美學史的書名,應該對我有幫助,只是幾乎都是英文書或德文書,而且出版年代久遠,作者包括奧地利哲學家齊默爾曼(一八五八年出版)、奧地利藝術史學者施洛瑟(一八七二年出版)、英國哲學家鮑桑葵(一八九五年出版)、英國作家森茨伯里、西班牙學者梅

南德斯・伊・佩拉尤、英國作家奈特和克羅齊。我幾乎立刻可以判定，除了克羅齊之外，亞歷桑德里亞圖書館裡沒有他們任何一個人的著作。無論如何我把他們的姓名記了下來，總有一天得找到書看一眼，這部分取決於之後論文朝什麼方向發展。

接下來我要找的是《烏特百科大辭典》，我記得這本百科全書裡關於「詩學」和其他對我有幫助的詞條寫得很全面，而且做過更新修訂，可惜圖書館裡沒有這本工具書。於是我翻開桑索尼出版社的《哲學百科全書》，找到「隱喻」和「巴洛克」兩個詞條，前者並未提供有用的書目，但是讓我知道（我到後來才發現這個提醒多重要）一切始於亞里斯多德的隱喻理論。後者提到的幾本書，是我後來會用到的專論書目（作者包括克羅齊、藝術史家阿道夫・文圖利、傑托、瑞士文評家讓・盧瑟、魯奇亞諾・安伽斯基和艾茲歐・萊伊孟迪），我全都好好地抄寫下來。後來我發現我還記下了義大利學者洛可・蒙塔諾一本很重要的著作，書中引用的資料也是我日後的參考書，但是常常被他人忽略，因為都是早期著作。

至此，我想應該要找一本更深入、更近期的參考書，會更有效益，於是借閱了伽齊和薩培鈕兩位義大利文學評論家編纂的《義大利文學史》，出版社是噶爾藏提。

這本書除了有多位作者撰寫的多篇章節談詩，談散文，談戲劇和旅行文學等等，我找到一章是義大利學者法蘭克・克羅伽撰寫的〈巴洛克時期的評論與論述〉（篇幅為五十頁

左右），我只看了這一章，而且是快速瀏覽（我還沒開始看書，只是在準備書目的前期階段），我發現他從十六、十七世紀的義大利詩人塔索尼開始談（塔索尼論佩脫拉克），之後寫到好幾位文人討論馬利諾的詩集《阿多尼斯》，包括司提亞尼、艾利科、阿波羅西歐、阿雷安德洛和維拉尼等，之後談他稱之為溫和派的巴洛克論述學者佩雷格利尼、帕拉維奇諾，以及特掃羅德的經典著作《亞里斯多德的望遠鏡》（為巴洛克種種具創造性的機敏表現辯護，堪稱同時期論述文的代表作，「或許是全歐洲巴洛克論述文的範本」），文末評論的對象是十七世紀晚期的幾位文人，包括傅魯格尼、盧布拉諾、伯斯奇尼、馬爾瓦希亞和貝洛利等。我知道我應該把焦點放在帕拉維奇諾、佩雷格利尼和特掃羅這幾位論述文作家身上，因此我開始整理他們的著作書目，大約有一百多本，我按議題分類，不依字母順序分類。我得借助書目卡片來完成這個整理工作。我注意到從塔索尼到傅魯格尼都是克羅伽關注的評論家，所以最好把他提到的所有參考書目資料也都整理成卡片。說不定論文需要用到關於溫和派論述文作家和特掃羅的書，但是論文前言和註可能會談到同時期的其他爭論。請記得，一開始整理的這份書目清單至少還要再跟指導教授討論一次，他應該對你的論文題目有足夠認識，因此會立刻告訴你哪些書可以刪掉，哪些書無論如何一定要讀。如果你的書目卡片整理得好，一個鐘頭以內就能跟指導教授一起過濾完畢。總而言之，就這個實驗而言，**我只保留關於巴洛克的通論著作和關於論述文作家的專書書目。**

之前說過，當我們的書目資料不足的時候，必須建立書目卡片。我在下一頁的書目卡片範本中有幾處留白，例如作者的名字（是艾內斯托・萊伊孟迪？愛帕米農達・萊伊孟迪？艾瓦里斯托・萊伊孟迪？還是艾利歐・萊伊孟迪）和出版社名稱，出版年份後面的空白保留給其他額外說明。右上角的縮寫顯然要等我在亞歷桑德里亞圖書館（BCA是我給亞歷桑德里亞市立圖書館起的縮寫代號）以作者分類的圖書目錄中找到艾茲歐・萊伊孟迪寫巴洛克文學的書在書架上的位

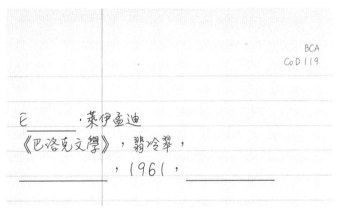

在書目資料來源不足基礎上擬定的代填寫書目卡片範本

置是Co D 119之後才有辦法填寫。

所有書都得按照這個方式做卡片。再接下來，我會加快速度，只談作者和書名，不多做其他額外說明。

簡而言之，到目前為止，我查閱了《特雷卡尼百科全

書》、《哲學百科全書》（並決定只記錄義大利論述文作家的著作）及《義大利文學史》中克羅伽的文章。在表三、表四中會羅列出所有我寫入書目卡片裡的資訊（請注意：下表中我的每一個簡要說明，都應該對應書目卡片的完整內容，包括因資料不足而留待填寫的部分！）

表格中凡在書名前面標示「是」者，代表亞歷桑德里亞圖書館以作者分類的圖書目錄中有這本書。在完成這第一個動作後，我便暫停工作，開始翻看圖書館的卡片目錄，因此我現在知道還有哪些書可以借閱，以彌補我手邊書目的不足。

表格顯示，我整理了三十八張書目卡片，並找到其中二十五本，接近百分之七十。我還算了一下書目卡片中同一位作者的著作中沒有被我做成書目卡片的有多少本（難免在找一本我已經知道的書時，會找到或新發現另外一本書）。

先前說過，我將範圍縮小到只跟巴洛克論述文有關的書名。因為捨去涉及其他評論的文本，因此我遺漏了藝術史學家潘諾夫斯基的《理念》一書，後來我才從其他管道得知這本書對我感興趣的理論問題同樣重要。當我去看克羅伽被收錄在《美學史面面觀與難題》合集中的〈義大利巴洛克詩論〉一文時，才發現在這本書裡有安伽斯基談歐洲巴洛克詩論的一篇文章，是克羅伽那篇的三倍長。克羅伽沒有提到這篇文章，因為他只談義大利文學。這件事說明，當你從一個線索出發去找某個文本，會在那個文本裡發現其他線索，基本上是永無止盡的延伸。所以，只要從一本好的義大利文學

表三

比對三本工具書（《特雷卡尼百科全書》、
桑索尼出版社的《哲學百科全書》和《義大利文學史》）
後整理的義大利巴洛克通論著作

圖書館 是否有藏書	在以作者為分類的 圖書目錄找到的著作	在目錄中找到的 同一作者其他著作
是	克羅齊，《十七世紀的義大利文學論述》	
是		《十七世紀義大利文學新論述》
是	克羅齊，《義大利巴洛克史》	
是		《馬利諾抒情詩：十七世紀政治與道德論述》
	達孔納，〈十五世紀宮廷詩中的十七世紀主義〉	
	普拉茲，《英國的十七世紀主義和馬利諾主義》	
	普拉茲，《論概念主義》	
是	海因里希‧沃爾夫林，《文藝復興與巴洛克》	
	合著，《修辭學與巴洛克》	
是	傑托，〈巴洛克爭議〉	
	安伽斯基，《淺談巴洛克》	
是		〈歐洲巴洛克文藝創作詩論〉

是		《從培根到康德》
是		〈丹尼耶羅·巴托利的品味與天賦〉
是	蒙塔諾，〈文藝復興與巴洛克時期的美學〉	
是	克羅伽，〈巴洛克時期的評論與論述〉	
是	克羅齊，〈義大利概念主義論述文作家與巴爾塔沙·葛拉西安〉	
是	克羅齊，《論美學：表現的科學和一般語言學》	
是	F.·弗洛拉，《義大利文學史》	
是	克羅伽，〈義大利巴洛克詩論〉	
	F.·卡爾卡特拉，《反動的詩人》	
是		〈巴洛克難題〉
	G.·馬佐特，《十七世紀的機敏與創造性》	
	G.·摩普格-塔亞布耶，〈亞里斯多德學派和巴洛克〉	
	C.·雅納克，《十七世紀》	

表四

比對三本工具書（《特雷卡尼百科全書》、
桑索尼出版社的《哲學百科全書》和《義大利文學史》）
後整理的義大利十七世紀論述文集專論著作

圖書館 是否有藏書	在以作者為分類的 圖書目錄找到的著作	在目錄中找到的 同一作者其他著作
	F · 比歐多利羅，〈佩雷格利尼與十七世紀主義〉	
是	萊伊孟迪，《巴洛克文學》	
是		《十七世紀的論述作者和敘事作者》
是	合著，《文本批評研究與難題》	
	C · 馬洛克，《美學先驅帕拉維奇諾》	
	L · 沃培，《樞機主教斯佛札 · 帕拉維奇諾的美學理念》	
	M · 柯斯坦佐，《從人文學者斯卡利傑羅到夸德利歐》	
	J · 柯佩，〈談特掃羅的《亞里斯多德的望遠鏡》一六五四年版〉	
	G · 波茲，〈《亞里斯多德的望遠鏡》風格解析〉	
	S.L. · 貝特爾，〈葛拉西安、特掃羅和機鋒的形而上本質〉	
	J.A. · 馬澤歐，〈形而上的詩歌與魚雁往返的詩意〉	

	L.·梅納帕奇·布利斯卡，〈詼諧動人的演說〉	
	C.·瓦索利，〈特掃羅的壯舉〉	
是		〈人文主義和文藝復興的美學〉
	D.·畢揚啟，〈關於《亞里斯多德的望遠鏡》〉	
	H.·哈茨費爾德，〈亞里斯多德的三個變形代表人物：特掃羅、葛拉西安和布瓦洛〉	
是		〈義大利、西班牙和法國的巴洛克文學演變〉
	G.R.·霍克，《世界是一個迷宮》	
是	G.R.·霍克，《文學中的矯飾主義》	義大利文譯本
是	M.·施洛瑟，《藝術文學》	
	F.·烏利維，《藝術寫手畫像》	
是		《義大利詩人塔索的矯飾主義》
	D.·馬洪，《十七世紀藝術與理論研究》	

史書籍出發，就是一個好的開始。

　　我們接著往下看另一位義大利文學評論家弗洛拉所寫的義大利文學史。他沒有花太多時間討論理論，因為他只對某幾段歷史有興趣，不過對於特掃羅，他倒是花了一整章篇幅，而且有諸多有趣的引述，還有關於十七世紀文人談隱喻技巧的絕佳節錄。從書目角度而言，不能奢望從一本只寫到一九四〇年的通論著作中得到太多，不過我在書中找到了之前有人提到的幾本經典文本。我比較訝異的是看到了西班牙藝術史學家艾烏哲尼歐・朵爾斯的名字。我得把他的書找出來。我從特掃羅的書裡面找到這幾位文學評論家和學者的名字：特拉巴爾札、瓦拉烏利、德爾尤和韋亞尼，我一一記下。

　　我接下來要翻閱的是多名作者合著的《美學史面面觀與難題》。書我找到了，發現出版社是馬佐拉提（克羅伽只說出版社在米蘭），填入我的書目卡片中。

　　我還找到克羅伽另外一篇談義大利巴洛克文學詩論的文章，跟我之前看過的那篇文章類似，但是這篇完成時間較早，因此書目比較不完整。但是更偏重理論，這對我頗有幫助。而且這篇文章跟收錄在噶爾臧提出版社《義大利文學史》書中那篇文章的不同之處還在於並未侷限於只談論述文作家，也包括一般的文學詩論，尤其花了不少篇幅討論十七世紀義大利詩人兼劇作家齊亞貝拉。除此之外，我已經寫入書目卡片的傑托也再度出現。

　　馬佐拉提出版社的《美學史面面觀與難題》和噶爾臧

提出版社的《義大利文學史》都收錄了安伽斯基幾乎可以單獨出書的那篇長文〈歐洲巴洛克文藝創作詩論〉。我發現這篇文章是很重要的研究論文，不僅幫助我從哲學角度切入，認識巴洛克不同詞義，同時了解到歐洲西班牙、英國、法國和德國文化中這個問題的範疇。我重新審視普拉茲為《特雷卡尼百科全書》撰寫相關詞條時提到的人名，其中不乏之前沒提到過的名字，包括培根、利利、葛拉西安、貢哥拉、英國詩人西德尼及德國詩人歐庇茲。還有關於機鋒、機敏和創造性的理論。雖然我的論文可能不會談到歐洲巴洛克，但是這些概念都有助於我了解其背景。總而言之，我應該要準備一份一網打盡的完整書目。安伽斯基的文章提供我大約兩百五十個書名，我將一九四六年之前出版的著作整理出第一份書單，隨後將一九四六年至一九五八年間出版的著作按年份整理出另一份書單。第一份書單再次確認了傑托、德國作家赫爾穆特・哈茨費爾德及《修辭學與巴洛克》（這時候我知道這本書是由恩立克・卡斯特利編纂）的重要性，而且這本書提醒我要注意瑞士藝術史學家海因里希・沃爾夫林、克羅齊和艾烏哲尼歐・朵爾斯的著作。第二份書單非常長，但我必須說明，我沒用作者圖書目錄把所有書都找出來，因為我這個實驗預計只能花三個下午的時間。不過我看到書單上有幾位外國作者從不同角度論述這個議題，所以我必須把這些書找出來，他們是德國文獻學家庫爾提烏斯、美國比較文學教授韋禮克、匈牙利藝術史學者豪瑟和法國歷史學家塔皮耶。我再度看到德國文化史學家霍克的名字，於是我找到

義大利藝術史學家艾烏哲尼歐‧巴蒂斯提寫的《文藝復興與巴洛克》，因為書中談到藝術詩論，於是我也再一次確認了摩普格-塔亞布耶的重要性，同時我意識到我應該去看義大利哲學學者德拉‧沃培對文藝復興時期如何評註亞里斯多德詩學的研究。

這個念頭也說服我接著看義大利哲學史家瓦索利談人文主義和文藝復興美學的文章（同樣收錄在《美學史面面觀與難題》一書中）。我在克羅伽的書目裡看過瓦索利的名字。其實我在百科全書查詢「隱喻」相關詞條的時候應該已經寫下來了，亞里斯多德早在《詩學》和《修辭學》中就提出過隱喻的問題，我從瓦索利的文章看到十六世紀有很多人爭相評論《詩學》和《修辭學》，而且我在這些巴洛克時期的評論者及論述文作家中也看到有幾位矯飾主義理論家在處理創造性和概念性的問題，在快速瀏覽的巴洛克研究論述時同樣也曾看過。比較讓我意外的是相同的引述和姓名頻繁出現，例如施洛瑟。

這樣下去，我的論文會不會變得太過龐雜？不會，因為我會把焦點放在一開始關注的議題上，只從那裡著手，否則我得把所有書看完。但是從另一方面來說，我必須了解全貌，因此很多文本我仍然必須看過，或至少取得二手資料。

安伽斯基的長文引導我去看了他研究同一議題的其他著作。我把《從培根到康德》和《淺談巴洛克》列入書單，還有〈丹尼耶羅‧巴托利的品味與天賦〉一文，在亞歷桑德里亞圖書館我只找到這篇文章，以及《從培根到康德》。

然後我開始翻閱收錄在《哲學文選》（馬佐拉提出版社）第十一冊，由洛可・蒙塔諾撰寫的〈文藝復興與巴洛克時期的美學〉。這一冊的主題是「文藝復興及宗教改革運動思想」。

　　我發現那不僅僅是一篇論文，同時集精采摘錄之大成，許多引述文字對我的研究工作極其有用，也再次看見研究《詩學》的文藝復興學者、矯飾主義學者和巴洛克論述文作者之間的關係多麼緊密。另外，我按圖索驥找到拉特爾札出版的上、下兩冊文選集《矯飾主義和反宗教改革運動時期的藝術論述》。在亞歷桑德里亞圖書館目錄找這本書的時候，東翻西翻，發現圖書館有另外一本拉特爾札出版社的文選集《十七世紀的詩學與修辭學論述》。我不知道是不是應該對這個議題做深入研究，但既然我已經知道有這本書，為保險起見，不如先把這本書做成書目卡片。

　　回到蒙塔諾的文章和書目。因為書目打散在各個章節，所以我必須重新整理。很多名字我之前已經看過，而我發現我應該要找幾本談美學的經典著作，作者包括鮑桑葵、森茨伯里、吉爾伯特和庫恩。但是如果想要深入了解西班牙巴洛克，必須把梅南德斯・伊・佩拉尤的磚頭書《西班牙美學概念史》找出來。

　　我出於謹慎，把十六世紀評論《詩學》的作者姓名一一記下來，包括羅伯特洛、卡斯特威特羅、斯卡利傑羅、瑟尼、卡瓦爾康提、馬基、瓦齊、韋托利、斯培洛尼、明圖諾、皮克洛米尼、吉拉爾迪・欽齊奧等等。他們之中有些人

名出現在蒙塔諾的文章裡，有些則出現在德拉‧沃培的文章裡，還有一些則重複出現在拉特爾札出版社的文選集中。

　　蒙塔諾的文章又帶我回到矯飾主義。我再次迫切地翻閱潘諾夫斯基的《理念》，以及摩普格-塔亞布耶的著作。我不知道是不是應該了解更多矯飾主義論述文作家的事，例如瑟利奧、朵爾伽、祖卡利、羅馬佐和瓦薩里，但是他們又分為具象藝術和建築兩條路線，所以或許只要找海因里希‧沃爾夫林、潘諾夫斯基和施洛瑟的歷史著作來看就已足夠，最多再加上比較近期的艾烏哲尼歐‧巴蒂斯提著作。想當然耳，我不能遺漏重要的外國作家如西德尼、莎士比亞和塞萬提斯……。

　　再次被提到的重量級學者有庫爾提烏斯、施洛瑟、豪瑟、義大利學者則有卡爾卡特拉、傑托、安伽斯基、普拉茲、烏利維、馬爾佐特和萊伊孟迪。範圍漸漸縮小。有些人名無處不在。

　　為了喘口氣，我回頭翻看圖書館的作者圖書目錄，發現圖書館有庫爾提烏斯談歐洲和中世紀拉丁文學的書，不過是法文譯本，而非德文版。之前查過，施洛瑟的《藝術文學》也有。但是我要找豪瑟的《藝術社會史》，卻只找到他談矯飾主義的義大利文譯本，也找到了潘諾夫斯基的《理念》。

　　另外找到的還有德拉‧沃培的《十六世紀詩學》，喬爾玖‧桑唐傑羅的《十七世紀主義評論》和朱瑟培‧宗塔的〈文藝復興、亞里斯多德學派和巴洛克〉。我在赫爾穆特‧哈茨費爾德的名字下找到了多人合著的《風格批判與巴洛克

文學》，這本書是一九五七年在翡冷翠舉辦的第二屆義大利國際研討會論文集，收錄了許多論文。雅納克的《十七世紀》感覺很重要，結果令人失望，談瓦拉爾第出版社創辦人家族，談普拉茲、瑞士文學評論家讓‧盧瑟及塔皮耶的書，談收錄了摩普格-塔亞布耶〈亞里斯多德學派和巴洛克〉一文的《修辭學與巴洛克》，也談艾烏哲尼歐‧朵爾斯和梅南德斯‧伊‧佩拉尤。亞歷桑德里亞圖書館當然不是華盛頓國會圖書館，也不是米蘭的國立布拉伊登瑟圖書館，但是我在這裡已經找到三十五本書，做為論文準備工作算是成績斐然。不過事情還沒有結束。

有時候只要找到一本書就能解決一堆問題。我繼續查作者圖書目錄，決定看一下收錄在《義大利文學：思潮》第一冊（馬佐拉提出版社，米蘭，一九五六年出版。我認為是基礎工具書）中傑托所寫的〈巴洛克爭議〉。結果發現這篇接近一百頁的研究非常重要，因為文中呈現了從早年直到今天為止所有關於巴洛克的爭議。我發現所有人都討論過巴洛克，包括葛拉維納、穆拉托利、提拉伯斯奇、貝提內利、巴雷提、阿爾菲耶利、徹薩羅提、康圖、吉歐貝提、德‧桑提斯、曼佐尼、馬志尼、萊奧帕爾迪、卡爾杜奇，甚至還有義大利記者兼作家馬拉帕爾泰及其他我已經記下來的諸多作家或學者，而且傑托從他們的論述中摘錄了大量文字。這時我必須面對一個問題：如果我的論文主題是關於巴洛克的歷史爭議，那麼我就得把所有這些作者寫的相關著作都找出來。但是如果我只研究當代的文本，或是只探討當代的相關詮

釋，就沒有人會要求我做那麼龐大的準備工作（反正已經有人做了，而且做得很好。除非我打算寫一篇具有高度原創性的論文，證明傑托的研究有缺失，或切入角度不好，那就得花很多年時間，但一般來說要寫這樣的論文需要具備一定的經驗）。所以，傑托這篇文章可以提供我足夠的文獻，跟我的專題式論文沒有必然關係，但有些資料勢必會派得上用場。做這樣的整理工作，會產生很多書目卡片，會有一組穆拉托利、一組徹薩羅提、一組萊奧帕爾迪等等，以此類推，我在卡片上登記他們評論巴洛克的著作，抄下傑托對這些評論的意見綱要並節錄部分文字（自然會在卡片底端註明資料來源是傑托的文章）。如果之後我把這些材料寫進論文裡，由於是二手資料，會在註腳說明「節錄自傑托……」等等。這麼做不僅是誠信問題，也是出於謹慎。我不會檢查他節錄的內容是否正確，因此我也不會為節錄文字的任何問題負責。我老老實實地公告我是從另一位學者那裡抄過來的，不會假裝我讀完了所有資料，這樣我很安心。當然，即便你對他人之前完成的研究有信心，最佳做法還是把書借出來，根據原文一一核對節錄文字。但是別忘了，我們是在建立研究模式，工具有限，時間有限。

這時候，剩下一件不能不做的，是列出我要寫的論文涉及的「原始」作者。我得把巴洛克時期的作者找出來，因為第三章第一節之二〔3.1.2〕說過，一篇論文必須要有第一手資料。我如果不看巴洛克論述文作者寫的書，就不能談巴洛克論述文作家。我可以不讀矯飾主義時期談具象藝術的理論

家著作，直接看相關評論研究，因為那不是我論文的重點，但是我不能對巴洛克詩學的代表人物特掃羅視而不見。

此外，我知道我還應該讀亞里斯多德的《修辭學》和《詩學》，於是我查了一下，意外發現《修辭學》在一五一五年到一八三七年間有十五個古籍版本，有文藝復興人文學者埃爾莫勞·巴爾巴羅的評註版，有歷史學家瑟尼翻譯的通俗語版，有伊斯蘭哲學家伊本·魯世德和義大利語文學學者皮克洛米尼的意譯版。除此之外還有勒布出版社的英文、希臘文對照版。只少了拉特爾札出版社的義大利文版。至於《詩學》也有不同版本，有卡斯特威特羅評註版、羅伯特洛評註版，還有英文和兩個義大利翻譯（譯者是兩位義大利語文學者，羅斯塔尼及瓦吉米伊）對照的勒布出版社版，不勝枚舉，版本多到讓我想另外寫一篇論文專門討論文藝復興時期對《詩學》的評論。離題了。

由於不同參考文本都提到藝術史學家米利茲雅、歷史學家穆拉托利和詩人弗拉卡斯托羅對巴洛克的看法，因此我知道他們跟我的研究必然有關。在亞歷桑德里亞圖書館也有這幾位作家著作的古籍版本。

不過我們接下來得處理巴洛克論述文作家了。首先要看的是萊伊孟迪的《十七世紀的論述作者和敘事作者》文選集（利洽迪出版社），收錄了《亞里斯多德的望遠鏡》一百頁、佩雷格利尼的文章六十頁和帕拉維奇諾文章的六十頁。如果我不是寫論文，而是寫一份三十頁的期末報告，這些看完應該就夠了。

但是我還想要看到下列幾本著作的完整版：特掃羅的《亞里斯多德的望遠鏡》；佩雷格利尼的《論機敏》和《約化為藝術的創造性》；帕拉維奇諾的《論良善》和《論風格與對話》。

我查了作者分類圖書目錄下的古籍，發現《亞里斯多德的望遠鏡》有兩個版本，一本是一六七○年出版，另一本是一六八五年出版。可惜沒有一六五四年的初版本，我在某個地方看到這本書每次出新版，內容都有增訂。帕拉維奇諾的書我找到兩個十九世紀的版本。至於佩雷格利尼的書，一本都沒找到（很可惜，幸好我有萊伊孟迪那本文選集的六十頁摘錄）。

順帶一提，我在不同評析文本中找到了義大利文學兼歷史學家馬斯卡爾蒂的名字，以及他於一六三六年出版的《論歷史的藝術》，書中對各種藝術提出諸多觀察和意見，但是這本書並未被視為巴洛克論述經典代表作。亞歷桑德里亞圖書館有五種版本，三本是十七世紀版，兩本是十九世紀版。要不要改以馬斯卡爾蒂為論文題目？老實說，會有這個念頭並不奇怪，如果一個人沒辦法跑來跑去找資料，必須以他手邊有的材料為優先考慮。

有一次，一名哲學教授跟我說，他以某位德國哲學家為主題寫書的理由，是因為他任教的單位購入了這位哲學家所有作品的最新版，否則他會選另一個人。這當然不是讓人熱血沸騰的良好示範，但事實如此。

接下來準備收尾。我在亞歷桑德里亞圖書館做了什麼？

我為了謹慎起見，收集了一份至少有三百本書的書目清單，把所有我找到的說明都做了紀錄。最後我在亞歷桑德里亞圖書館找到了三十本左右，還有兩位巴洛克時期論述作者特掃羅及帕拉維奇諾的原版著作。而亞歷桑德里亞只是一個小小的縣府所在地。這些夠不夠我寫論文呢？

讓我們開誠布公。如果我想花三個月時間完成論文，都用二手資料，這些就夠了。我找到的書裡面會有我沒有找到的那些書的摘錄文字，只要剪接得宜，我的論文看起來應該也不至於言之無物。或許沒有什麼新意，但是正確無誤。問題出在書目。因為如果我只放我真正看過的書，指導教授恐怕會逮到我遺漏了某本重要著作。如果我作弊，在經過整理書目這個過程後，就會明白那不但是錯誤之舉，而且流於輕率。

但我有把握，最初三個月完全不需要四處奔波，只要跑圖書館借書就好。不過我得知道工具書和古籍圖書不得外借，期刊年鑑也一樣（單篇文章我可以複印）。但是其他書都能借。所以我如果在接下來的九月到十二月間頻繁造訪大學圖書館，就可以只在皮耶蒙特省內活動，能夠掌控很多事。我還可以讀完特掃羅和帕拉維奇諾的所有著作。其實我應該想清楚，要不要在此二人之中擇其一，直接研究他的原版著作，用找到的書目資料來建構論文背景。之後需要處理單一著作的時候，再想辦法去都靈和熱內亞找書就好。運氣好一點的話，會找到所有我需要的書。由於我選擇的議題只限於義大利，至少我不需要出國，跑巴黎或牛津等地的圖書

館。

　　總之，要做決定不容易。比較聰明的做法是，一旦整理完書目就去找論文指導教授，把手邊的資料給他看。他有可能給我很不錯的建議，讓我可以縮小研究範圍，釐清到底哪些書我非看不可。如果我的必看書單在亞歷桑德里亞圖書館找不齊全，我可以找圖書館管理員，詢問跨館借書的可能性。再花一天時間跑大學圖書館找書跟文章，我可能沒有時間一一看過。文章部分，可以請亞歷桑德里亞圖書館寫信索取複印本，一份二十頁的重要文章大概要兩千里拉加郵費。

　　理論上來說，我也可以做一個完全不同的決定。我在亞歷桑德里亞圖書館找到了兩位重量級作者的主要著作，還有為數眾多的相關評析文本，足以讓我認識他們二人，但是仍不足以讓我從歷史編纂學和語文學的角度提出新見解（如果有特掃羅《亞里斯多德的望遠鏡》的初版本，我至少可以就十七世紀的三個版本做比較）。假設有人建議我先看過四到五本「當代」的隱喻理論著作（我建議俄羅斯語言學家雅各布森的《語言學總論》、列日學派的《修辭學總論》和比利時歷史學家亞伯‧亨利的《換喻和隱喻》），之後我就有足夠的材料建構出一套關於隱喻的結構性理論。這些書都在市面上都買得到，費用全部加起來大約要一萬里拉，都已經翻譯成義大利文。

　　這時候我還可以比較現代隱喻理論和巴洛克時期的隱喻理論。有了亞里斯多德和特掃羅的原版文本，三十多份關於特掃羅的研究文章，還有三本當代理論書籍為依據，我就有

可能寫出一篇具有可看性的新穎論文，不奢求有語文學方面的創見（但求巴洛克的參考文獻正確無誤）。而且無須離開亞歷桑德里亞，最多需要跑都靈或熱內亞找亞歷桑德里亞圖書館沒有的兩、三本重要著作。

但是這些都是假設。說不定我在找資料階段入迷了，推翻原先的一年計畫，決定花三年時間投入巴洛克研究，寧願貸款或申請獎學金以便從容面對等等。不要期待這本書會告訴你論文寫什麼，或告訴你人生方向。

我想要說明的（而且我想我已經說明的）是，**可以在對某個議題幾乎一無所知的情況下，花三個下午的時間到地方圖書館整理出足夠清晰且完整的概念**。所以說，自己「在鄉下地方，沒有書，不知道從哪裡開始，沒有人可以幫我」，都是藉口。

當然，我們必須為這個論文遊戲選定議題。假設我今天選了一個論文方向，想要研究美國邏輯學家克里普克和芬蘭邏輯學家辛提卡的邏輯世界（我其實試過，而且在很短的時間內就完成了）。我第一次用「邏輯」一詞找主題圖書目錄，就發現圖書館有至少十五本形式邏輯學的重要藏書（塔斯基、盧卡西維茨、奎因、幾本教科書、卡薩里的研究論文、維根斯坦、斯特勞森等等），但是自然不會有最新的模態邏輯著作，這類文章主要發表在連哲學研究單位的圖書館裡都未必會有的專業期刊上。

我選的這個論文題目，如果你原本一無所知，家裡沒有任何相關的基礎參考書，絕對不會拖到畢業前一年才開始

做。我的意思不是說寫這類論文的學生要有充裕的經濟條件。我認識一個家境並不富裕的學生,他的論文題目跟我的類似,他以客人身分住在一位退休修士家裡,只買了寥寥幾本書就完成了論文。他是全職學生,肯定有所割捨犧牲,但是並未因為家境艱困而被迫半工半讀。沒有什麼論文是只有有錢學生才能駕馭的,因為即便你的論文題目是《墨西哥阿卡普爾科海灘近五年的時尚演變》,也能找到基金會樂於支持你完成研究。當然,在特別艱難的情況下,有些論文確實寫不出來。所以我們才需要研究如何能夠恰如其分地完成畢業論文,成果絕對不會一文不值,而且至少保證真材實料。

3.2.5 真的需要看書?看書的順序為何?

這一章關於如何搜尋整理書目及研究案例的說明,可能會讓人誤以為撰寫畢業論文意味著蒐羅大量書籍。

論文真的永遠只能藉由書來研究書?我們看過有些實驗性質的論文記錄的是田野調查過程,例如花上好幾個月的時間,觀察關在迷宮中的兩隻老鼠的行為反應。關於這類論文我無法提供明確建議,因為研究方法依學科類別而異,通常做這類研究的人都活在實驗室裡,接觸的是其他研究人員,根本不需要我這本書。我只知道,而且我也說過,即便是這類實驗性質的論文,仍然必須在之前建立的學術框架下進行,因此同樣離不開書。

同樣的,若是寫社會學研究論文,論文學生要花很多時

間面對真實情況，但他也同樣需要書，以了解之前其他類似研究是如何進行的。

有些論文只需要翻閱報紙或國會紀錄，但是即便如此，仍然需要看書，才能建構研究背景。

還有一些論文只需要「談」書，如果研究領域是文學、語文學、科學史、教會法典或形式邏輯的話。義大利大學的人文科系都以這類論文為主。如果今天一名美國學生要做文化人類學研究，他自己國家就有印地安人可以當研究對象，或是找錢去剛果做研究。但如果是義大利學生，可能寧願放棄，也不會想到以德裔美籍人類學家弗朗茨‧博厄斯的思想為研究主題。近年來也有愈來愈多實地研究義大利現況的生態學精彩論文出現，即便是這一類論文，也少不了要跑圖書館做功課，因為要知道之前的民間調查結果。

總而言之，應該不難理解這本書關注的是絕大多數以書為研究主題，而且只用書來進行研究的學生。

請容我提醒大家，通常以書為論文主題的論文需要借助兩種書以完成研究：一是他要談的書，一是要談那本書時**可以提供協助**的其他書。換句話說，有的書是研究目標，有的書則提供跟研究目標相關的文獻資料。以之前舉的例子，除了巴洛克時期的論述文集外，還有討論巴洛克論述文集的其他著作。我們得將研究目標和批判性文獻資料二者分清楚。

我們還要問一個問題：應該立刻從研究目標著手，還是應該先閱讀批判性文獻資料？這個問題其實沒有意義，理由有二：（一）取決於學生的情況，很可能他對於自己要研究

的作者已有一定程度的了解，決定透過論文進一步深入，也有可能是他是初次接觸作者，種種論述乍看之下晦澀難懂；（二）研究條件不佳，缺乏相關的批判性文獻資料，因此不足以理解研究目標，而對研究目標所知有限，又無法評估批判性文獻資料情況。

不過一個毫無頭緒的學生會提出這個問題也很合理。如果我們虛構的這名論文學生是第一次接觸巴洛克論述文集的話，他會想知道是應該立刻開始閱讀特掃羅的著作，還是應該從閱讀傑托、安伽斯基、萊伊孟迪等等開始，先搭建骨架。

我認為最明智的答覆是：先快速瀏覽二至三本批判性通論文本，至少對背景有了初步了解後，直接閱讀研究目標著作，試著看懂作者說什麼，然後繼續看其他批判性文獻資料，等累積了新的知識，最後再回頭審視研究目標。不過這個建議流於理論。實際上每一個人大多會順著自己的意願行事，而且不能說不按照順序「進食」就一定不好。可以變來變去，可以交叉閱讀。只要建立一張綿密的「資料」網，用卡片將一切記錄下來，再把所有這些「探險」行動的成果放在一起就好。當然，還要看論文學生的人格特質，有人屬於單線發展人格，有人屬於多向發展人格。單線發展人格的人一次做一件事才能做好，他們不能邊看書邊聽音樂，不能一本小說看到一半改看其他書，否則就會忘記故事主軸，有的人甚至不能在刮鬍子或化妝的時候回答問題。

多向發展人格的人完全不同。要能夠同時引發他多重

興趣，他才會好好工作，如果他只能做一件事，會因為太無聊而提不起勁。單線發展人格的人做事有條不紊，但是往往缺乏想像力。多向發展人格的人比較有創意，但往往反覆無常，容易闖禍。看幾位大師的傳記，會看到有單線發展人格，也會看到多向發展人格。

第四章

工作計畫和索引卡片

4.1__假設性目次

啟動畢業論文工程要做的第一件事是寫下論文題目、前言和放在書末的目次，那是每一位作者在一本書寫到尾聲時要做的事。這個建議看起來很詭異：難道要從尾聲開始？還有，誰說目次一定要放在書末？有些書就把目次放在開頭，以便讀者對想看的書立刻有個概念。換句話說，從目次著手等於做一個假設，而且是從一開始便設定論文的範圍。

有人會提出異議，說隨著工作推進，這個目次很可能被迫多次調整，或甚至跟原來的截然不同。那是當然。可是如果你們得先有一個可供調整的草稿，才能夠做調整。

假設你們要開車去做一趟長途旅行，時間是一個星期。即便是去度假，也不會毫無頭緒就開車出門，隨便抓一個方向前進。你們會做一個概要的計畫，如果從米蘭出發，目的地是拿坡里（走一號國道），途中可能會繞去翡冷翠、西耶納、阿雷佐，在羅馬會停留比較長的時間，以便到卡西諾山走走。結果發現花在西耶納的時間比原定的時間長，或者到西耶納後順帶去了中世紀小鎮聖吉米尼亞諾，於是決定放棄卡西諾山。也有可能到達阿雷佐之後，一時興起改往東走，去了烏爾比諾、佩魯賈、阿西西和古比歐。我的意思是，很可能基於某個十分嚴肅的理由，你們在旅行到一半的時候決定改變行程。改變的是原訂的那個行程，但是如果沒有原訂行程，自然無從改起。

寫論文也是如此。要先擬定一個工作計畫，這個計畫包

括勾勒出暫定的目次輪廓。你們可以把目次當作大綱，將每一章的內容摘要寫出來。用這個模式工作也有助於釐清自己想做什麼，同時整理出一個讓論文指導教授看得懂的計畫。於此同時還能知道自己是否有清楚想法。有些計畫在想的時候似乎再清楚不過，可是一旦開始寫就會毀在自己手中。很可能一個人對於起點和終點都有清楚認知，但是發現自己不知道該如何從起點走到終點，也不知道中途會發生什麼事。畢業論文就像一局棋賽，得走很多步，不過剛開始出手的時候就要事先想好布局，將對方一軍，否則永遠無法結束比賽，走到終點。

說得更明白一點，工作計畫包括**論文題目、目次和前言**。一個好的論文題目能說明整個計畫內容。我說的不是你們在數個月前就交給學校的那個十分籠統、以便做各種發揮的題目，我說的是畢業論文的「秘密」題目，通常會變成副標題的那個題目。一篇論文可以有一個「公開」的標題，例如「義大利共產黨書記陶亞蒂遇襲事件與廣播」，副標題（真正的論文主題）則是「利用自行車手吉諾·巴塔利贏得環法比賽冠軍的消息成功轉移輿論對政治突發事件注意力的實際案例分析」，也就是說在鎖定議題範圍後，決定聚焦在某一特定觀點上。此一特定觀點的形成立基於這類問題：是否有廣播電台利用吉諾·巴塔利贏得環法比賽冠軍的消息刻意轉移大眾對陶亞蒂遭到襲擊的注意力？透過分析廣播電台播送的新聞內容是否能夠揭露背後的謀劃？所以我說標題（如果轉換成問題）是論文工作計畫之本。

既然釐清了問題，接下來就要列出工作步驟，那同時也是目次各章節的順序。舉例如下：

一、陳述議題
二、事件
三、廣播新聞
四、新聞數量及播送時間配置分析
五、新聞內容分析
六、結語

也可以改以這種順序進行：

一、事件：不同消息來源彙整
二、從陶亞蒂遭襲擊到自行車手巴塔利贏得環法冠軍的廣播新聞報導
三、接下來三天巴塔利贏得環法冠軍的廣播新聞報導
四、就這兩則新聞做數量比較
五、就這兩則新聞的內容做分析
六、就社會政治學角度進行探討

　　之前說過，目次有預示作用，所以應該有更鮮明的分析性。最好能將目次寫在一張白紙上，畫出表格，用鉛筆將各章標題寫下，然後逐次刪除舊的標題替換成新標題，如此一

來就可以掌握修改的所有過程。

另一個方法是用樹狀結構圖來寫暫定的目次：

一、描述事件。
二、廣播新聞 ┬── 從襲擊事件到巴塔利
　　　　　　 └── 巴塔利之後
三、等等

這個寫法可以隨時添加支線。總而言之，暫定的目次應該要具備下列結構：

一、問題定位
二、研究前例
三、提出我們的假設
四、我們可以舉出的數據
五、數據分析
六、演示假設
七、結語及可能的後續計畫

論文工作計畫第三個階段是前言初稿。前言其實就是目次的分析性評論。「我希望能藉由此論文呈現某個論點。有鑑於先前相關研究遺留了諸多問題有待討論，收集的數據亦嫌不足，因此在第一章我將試著確立某個觀點，第二章要處理的是某個問題，最後我會著重於呈現這個和那個。不過要說明的是此論文設定了明確的範疇，也就是這個和那個，在

此範疇內我們採用的方法是⋯⋯等等」。

這個假設性前言（之所以說假設，是因為在寫完論文之前，前言部分勢必要重寫很多次）可以幫助你們確立自己的想法不會偏離主軸，除非有意識地調整目次，否則主軸不變，因此可以避免離題，也避免衝動。前言同時也可以讓你們跟指導教授說明你們的論文究竟想做什麼，更重要的是可以藉此檢視你們的想法是否井然有序。照理說，義大利高中畢業生應該具備寫作能力，因為在學校的時候老師讓大家寫了不計其數的作文。可是經過大學四年、五年或六年時間，再也沒有老師要求學生寫作文，等到準備論文的時刻到來，學生發現自己對寫作已經生疏[4]，會非常驚慌，而等到正式著手寫論文的時候才驚慌就太晚了。所以最好立刻開始試著動筆，就從假設工作該如何進行做為切入點。

要注意的是，如果沒辦法寫出目次和前言，就表示你還不確定你的論文要做什麼。如果寫不出前言，意味著你對於如何開始還沒有清楚概念。如果你清楚知道論文如何開始，表示你至少會「質疑」終點是哪裡。寫前言的時候要從這個質疑出發，把前言當作是對一份已經完成的研究工作所做的評論。不要擔心自己走得太遠，萬一想後退有的是時間。

想當然耳，前言和目次在論文工作進行過程中會不斷重寫。本來就該如此。最終版的目次和前言（出現在論文打字稿上的版本）跟初版的目次和前言必然不同，若非如此，恐怕意味著整個研究都了無新意。或許你們是堅守原則不動搖的一條好漢，但那對論文沒有任何幫助。

到底前言初稿和最終定稿有何區別？初稿會比定稿更勇於夸夸而談，定稿會謹慎許多。最終版前言的目標是幫助讀者深入論文的世界，所以不能承諾之後你給不了的東西。一篇好的前言目標是讓讀者看了前言之後就滿足了，什麼都懂了，不需要再往下看了。這麼說很矛盾，不過一本書的前言如果寫得鞭辟入裡，往往能讓評論家正確無誤地了解這本書，能照作者希望的方向去談這本書。反之，如果論文指導教授（或其他人）看論文內文的時候發現你們在前言預告的種種後來沒能做到呢？所以我說最終版前言必須謹慎，只能承諾之後會出現在論文裡的東西。

前言也有助於確立論文的核心和周邊為何。區分兩者很重要，不光是因為研究方法有別，也是因為需要花更多心力在你們定義為核心的部分，而非周邊部分。如果研究主題是蒙費拉托山游擊戰，那麼核心會是效忠墨索里尼後巴多獻新政府的藍領軍動態，關於義共組成的加里波底軍若有不盡正確或詳盡之處，沒有人會責怪你們，但是對藍領軍兩個靈魂人物法蘭奇和毛利所率領的阿爾卑斯高山軍則必須鉅細靡遺無所不知。反之亦然。

原註4：其他國家情況不同。以美國為例，學生除了口試之外，還必須寫報告，學生修的每堂課都需要寫十頁至二十頁的論述文或「小論文」。這個做法很有幫助，義大利有些學校已經開始跟進（書面報告並未被排除在考試相關規定外，而且口試本來就只是老師評量學生學習情況的方法之一）。

要想釐清何為論文核心，你們必須知道手邊資料有哪些。所以「秘密」標題、虛擬前言和假設目次是論文的首要工作之一，但不是唯一。

　　首先要做的是檢查書目（第二章第二節之四〔2.2.4〕說明即便住在小城鎮，也只需要一個星期不到的時間就能完成書目）。套用一下亞歷桑德里亞的經驗，花三天時間就可以列出頗具可信度的目次。

　　建立假設目次的邏輯是什麼？要看論文性質。如果是走歷史路線的論文，可以從編年史角度切入（例如《論義大利對宗教改革先聲瓦勒度教派的迫害》），或是從因果角度切入（例如《以阿衝突之肇因》）。論文可以談空間（《卡納維瑟圓形圖書館的空間配置》），也可以做比較對照（《大戰期間義大利文學中的民族主義和民粹主義》）。如果論文是實驗性質，那麼要擬定的是一個歸納的計畫，從幾個測試出發進而提出一個理論；如果是數學邏輯性質的論文，那麼要擬定的就是推演計畫，先提出理論，之後展示可能的應用和具體實例……。至於批判性質的論文，有很多好的計畫案例，只要你們從批判角度比較不同作者，看誰的答案最切中論文「神秘」標題提出的問題就是了。

　　論文的邏輯走向藉由目次的章、節、項分類得以確立。可以參考第六章第四節〔6.4〕（按：原書誤植〔6.2.4〕，據英文版校改）。得宜的二元分立便於做增補，而不需要大幅度調動原先設定的順序。舉例來說，如果你們的目次如下：

1. 核心問題

　　1.1. 主要子問題

　　1.2. 次要子問題

2. 發展核心問題

　　2.1. 第一支線

　　2.2. 第二支線

　　這個結構也可以用系譜樹狀圖呈現，所有拉線都代表後續的支線，可以隨時增補，不會破壞整體工作組織：

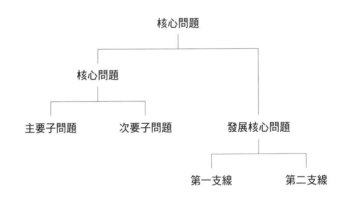

　　目次的每一個細項都可以用縮寫或代號表示，以便在目次和書目卡片或索引卡片之間建立連結，這部分在第四章第二節之一｛4.2.1｝會做進一步解釋。

做為工作計畫草案的目次條列出來之後，你們就應根據目次內容開始建立索引卡片和其他資料檔案。這種連動關係必須從一開始就確立，也可以透過縮寫和顏色輔助予以加強，之後做參考內文的時候會派上用場。

什麼是參考內文？本書就是一個案例：談及的某件事在前面章節已經陳述過，只需在括號中註明先前出現在第幾章、第幾節，或第幾段即可。參考內文不僅是為了避免不斷重複同一件事，也是為了展現論文內容的連貫性。參考內文意味著同一個概念從兩個不同觀點來看依然成立，同一個案例適用於不同議題，也意味著之前的通論也可以應用在特定論述上等等。

一篇組織良好的論文應該要有大量的內文參考，如果沒有，表示每一章節各自發展，彷彿之前各章節的內容沒有任何分量。當然，有些類型的論文確實是如此（例如收集文獻類型的論文），可以一直往前無需回頭，但是在做結論的時候也少不了要參考內文。架構完善的假設性目次就像編了號的格網，讓你們可以輕易找到參考內文，不需要來回翻找之前在哪一頁寫過那件事。不然你們以為現在正在看的這本書是怎麼寫的？

為呼應論文的結構邏輯（核心、周邊、主要議題及支線等等），目次要以章、節、項為順序排列。為避免冗長，你們可以自行翻參閱本書的目次。本書有許多節和細項（有時候分類太細，不會出現在目次上，例如可參看第三章第二節之三〔3.2.3〕）。層次分明的目次可以讓讀者對論述的邏輯

一目瞭然。

論述的邏輯應該具體反映在目次上。舉例來說，如果第一章第三節之四要以第一章第三節為本進行推論，那麼在目次的圖像型態上應該明顯可見，如同下面這個例子：

目次

一.　文本劃分

　　一.　各章

　　　　第一節之一　間隔

　　　　第一節之二　新段落

　　二.　各節

　　　　第二節之一　其他類型的標題

　　　　第二節之二　其他細項

二.　最後編輯

　　一.　請人打字或自己打字

　　二.　打字機成本

三.　裝訂

從這個例子還可以看出不是每一章都必須延續其他章節的細分方式，有可能因為論述需求，某一章必須分出許多節和細項，而另一章卻可以在一個籠統的標題下陳述。

有些論文不需要太多切割，過於細碎的劃分反而會打亂論述主軸（如果是要重建傳記史料）。無論如何還是要知道，做細膩劃分有助於掌控題材，讓論述得以接續。我如果

看到一個論點出現在第一章第二節之二，自然知道那跟第一章的支線二有關，而且跟第一章第二節之一的重要性不分軒輊。

最後再說明一點：如果你們的目次已經底定，絕對不會再做更動，那麼論文未必需要從頭開始寫起。通常論文會從資料最齊全、最有把握的部分開始動筆，不過前提是要有目次做為假設性的工作計畫，也就是在有所指引的情況下才可行。

4.2__索引卡片和筆記

4.2.1 各種索引卡片及其功能

隨著書目愈來愈充實，你們開始閱讀資料。想要等到擁有完整書目才開始閱讀純屬理論。事實上，當手上有了第一份書單，就該投入早期取得的資料。更何況有時候是因為看了第一本書，才由此出發開始建立第一份書單。總之，隨著閱讀的書籍和文章愈來愈多，參考文本也愈來愈多，書目卡片自然就愈來愈厚。

寫論文的理想狀態是所有需要的書都在家裡，無論是新書或古書（並且擁有一間私人圖書館，工作環境寬敞舒適，攤開擺在一排排書桌上的都是要用的書）。但是這個理想狀態很罕見，就連專門做學術研究的大學教授都未必達成。

假設你們能夠找到並購入市面上所有需要的書，基本上

除了第三章第二節之二（3.2.2）談到的書目卡片外，不需要製作其他卡片。你們準備好了工作計畫（也就是第四章第一節（4.1）提及的假設性目次），將所有章節都編了號，開始閱讀畫重點，並且在空白處寫下計畫中的章節縮寫或代號。同時也要在計畫中的章節旁寫下某本書的代號及頁碼，這樣你們就知道在寫論文的時候去哪裡找某個看法或做節錄。假設你們要寫的論文題目是《談美國科幻小說的虛擬世界》，計畫要在第四、五、六節談「時間皺褶是穿越不同虛擬世界的通道」，而你們看到美國小說家羅伯特·謝克里的短篇小說《靈魂交換》第二十一章，在蒙達多利出版社、選集叢書版的第一三七頁中，主角馬文的叔叔麥克思，在斯坦霍普的費爾黑文鄉村俱樂部打高爾夫球時掉入了時間皺褶，被送到克雷西烏斯星球上。於是你們在第一三七頁的頁緣寫下：

論（四、五、六）時間皺褶

這個註說明這一段描述跟論文及其特定章節有關，同樣的，你們也要在工作計畫第四、五、六節旁邊空白處寫下：

參見謝克里，《靈魂交換》，頁137

同一個地方應該已經記錄了另一位美國作家弗雷德里克·布朗的《瘋狂宇宙》和羅伯特·海萊恩的《盛夏之門》。

這個做法有幾個前提：（一）書在自己家裡；（二）可以在書上畫重點；（三）工作計畫已經大致定案。但是很可能你們的情況是，書不在自己家裡，因為一書難求，只有一間圖書館有藏書，可以借閱但是不能畫重點（或者書是你的，但是是搖籃本，價值連城，照樣不能在書上畫重點），而且工作計畫持續調整中，各種窒礙難行。最後一點，工作計畫持續調整可以說是最常遇到的難題。論文工作進行時，隨著資料愈來愈豐富，計畫勢必得調整，但是你們不可能每一次都去修改寫在書本頁緣上的註。所以這些註只能寫得很籠統，例如「虛擬世界！」。這種含糊不清的問題該如何補救呢？這時候可以建立一組「概念卡片」，這些卡片可以記**錄時間皺褶、虛擬世界之間的平行關係、矛盾性、多元結構**等等，然後在編號一的時間皺褶那張卡片上清楚寫下關於作者謝克里的資料。所有跟時間皺褶相關的資料都可以整理到最終定案的論文計畫中預設的位置，當然這張卡片也可以換位置，跟其他卡片混在一起，放在其他卡片之前或之後。

最優先有其存在必要的卡片是**主題卡片**，非常適合研究概念發展的論文。如果你們要探討的是美國科幻小說中的虛擬世界，必須羅列不同作者處理不同宇宙邏輯問題的不同手法，最理想的輔助工具是主題卡片。

但是如果你們決定用不同的方式切入這篇論文，對每一位重量級科幻小說作家（謝克里、海萊恩、艾西莫夫、布朗等等）的生平和作品花一章篇幅做短評，或是用好幾章篇幅討論每一個作家的一本代表著作，那麼除了主題卡片外，還

需要有作者卡片。在「謝克里」的卡片裡寫下可以讓你們找到他小說中關於虛擬世界描述的所有資訊，而且在他的名字下面還可以再細分**時間皺褶、虛擬世界之間的平行關係和矛盾性**等等。

如果論文要處理的問題比較偏向理論，把科幻小說當作一個參照點，但實質上討論的是虛擬世界的邏輯，那麼科幻小說做為參考資料不會太嚴肅，很可能需要節錄有趣的文本段落。這時候你們要做的是節錄卡片，在時間皺褶卡片裡抄寫謝克里的某句話，在平行關係卡片裡抄寫布朗對兩個如出一轍的世界之間唯一區別是主角綁鞋帶手法不同等等的描述。

但是也要考慮到謝克里的書很可能不是你們自己的，是在另一個城市的朋友家中看的，而且時間是在你們擬出以時間皺褶和虛擬世界平行關係為主題的工作計畫很久之前。所以要準備閱讀卡片，其中一張記錄《精神交換》的書目資料、故事大綱、這本書的重要性，以及所有你們認為有特殊意義的節錄文字。

除此之外，還可以準備各種**索引卡片**，例如不同概念交集卡片、階段工作卡片、問題卡片（如何處理某種問題）、建議卡片（收集其他人提供的想法、可以試著發展看看的建議）等等。這些卡片最好能用不同顏色做區分，並且在右上角註明縮寫代號，方便計畫總表或其他顏色卡片使用。工程浩大。

前面的章節談到過書目卡片（在卡片上簡單記錄所有找

得到的有用書籍相關資訊），現在則又多了各種輔助卡片，
包括：

（一）書籍或文章閱讀卡片
（二）主題卡片
（三）作者卡片
（四）節錄卡片
（五）索引功能卡片

　　真的需要這麼多卡片嗎？當然不是。除了簡單的閱讀
卡片外，你們可以將所有其他想法都寫在筆記本上；也可以
只保留節錄卡片，如果你們的論文（假設題目是《四○年代
女性文學中的女性形象》）工作計畫很詳盡，只有很少的評
論文章需要檢視，但是得收集數量龐大的文學作品以便做節
錄的話。也就是說，卡片數量和種類端賴你們的論文性質而
定。

　　唯一要提醒的是，不管採用哪一種卡片，都必須統一
規格，資料齊備。假設你們寫論文需要的文獻資料中，史密
斯、羅西、白令、戈梅拉的書在家裡，杜彭、盧佩斯克和長
崎的書在圖書館，只用卡片記錄了後面三位作者，前面四位
作者則打算靠記憶（並確保書在手邊），那麼你們在動筆寫
論文的時候要怎麼做？一半找卡片，一半找書？如果你們要
修改工作計畫，手邊得有哪些東西？書、卡片、筆記和便條
紙？所以應該要用卡片將杜彭、盧佩斯克和長崎的文字一一

完整節錄下來，也要為史密斯、羅西、白令、戈梅拉製作精簡的卡片，無需將重要文字節錄下來，只需註明頁碼即可。如此一來，你們工作時面對的是單一形式的檔案資料，方便攜帶和使用，只要看一眼就知道你們讀過哪幾本書，還有哪些書有待閱讀。

有些情況最好把所有一切資料都整理記錄在卡片上：如果論文主題是文學，需要收集並評論不同作者對同一個議題的論述。假設題目是《浪漫主義和頹廢主義藝術的生命觀》，表五的四張卡片抄寫的是之後會用的節錄文字。

表五

節錄卡片

節錄　　　編號：	節錄　　　編號：
人生如藝術	人生如藝術
詹姆斯·惠斯勒	維利耶·德·利爾－阿達姆
〔通常大自然是錯的〕?	〔生活？我們的奴僕自會幫我們操心〕
原文	(Castello di Axël…
"Nature is usually wrong"	
James McNeill Whistler	
The Gentle Art of Making	
Enemies	
……1890	

節錄　　　　編號：

人生如藝術

泰奧菲爾·戈蒂耶

「通常有用的東西都不美」
　　（Premières poésies前言，1832…）

節錄　　　　編號：

人生如藝術

奧斯卡·王爾德

「我們可以原諒一個創造有用之物的人，只要他不為之傾心。人之所以創造無用之物，唯一理由是他熱愛它。所有藝術皆無用。」
　　（《格雷的畫像》前言，大師名作喲叢書，UTET出版社，頁16。）

卡片最上面有「節錄」二字，可跟其他卡片做區隔，接下來是主題「人生如藝術」。我既然已經知道主題，為什麼還要標示出來？因為有可能論文發展到一半，「人生如藝術」不再是主題，而成為論述的一部分；因為論文結束後，說不定這個系列的卡片加上其他主題的節錄卡片還能繼續發揮功用；或者是因為二十年後我找出這批卡片，不記得原本用途的時候可以指點迷津。再往下我列出了節錄文字的作者姓名。可以只保留姓氏，因為這些作者姓名應該已經出現在書目卡片上，或是論文一開頭就已經提及過他們。之後就是節錄文字，或短或長（可以是一行，或三十行）。

先看惠斯勒的卡片。義大利文節錄文字下面有一個問號，表示我第一次看到這句話是在別人寫的書上，但我不知道原出處，沒有把握正確與否，更不知道英文原文是怎麼寫的。後來我湊巧找到了原文書，所以就補上了相關註記。現在我就可以用這張卡片上的正確節錄文字了。

再看維利耶・德・利爾-阿達姆的卡片。抄寫的節錄文字是義大利文，我知道出處，但是資訊不完整，有待補足。戈蒂耶的卡片也不完整。王爾德的卡片狀況還可以，如果論文允許我節錄義大利文的話。如果論文研究的是英國文學或比較文學，我就得找出這段話的原文，抄入卡片中。

王爾德的那段話，我有可能是在家裡的書上找到的，如果我沒有做成卡片，工作結束後恐怕就再也不記得了。如果我只在卡片上寫頁十六，沒有把句子完整抄下來，等到正式寫論文的時候就得把所有書都找出來放在手邊。所以做卡片固然花時間，但是之後可以省下更多時間。

另外一種卡片是索引功能卡片。表六就是用第三章第二節之二（3.2.2）以十七世紀論述文中的隱喻為例所做的交集索引卡片。這張卡片最上面就寫著「交集」，我記下了需要進一步深入的議題「從觸覺轉化到視覺」，我不確定這個議題之後會發展成一章、一節、一個註腳或論文核心（有何不可？）。我還記錄了閱讀某個作者的著作時腦中浮現的想法，有哪些書要看，有哪些想法可以往下發展。之後再翻看工作卡片，我有可能發現自己漏掉了某個很重要的論點，或做了某些決定，我可以修改論文把那個論點加進來，也可

以決定不值得為此大動干戈，或加一條註表示這個論點我知道，但是我覺得不需要在這裡多做論述。我自然也可以在論文寫完繳出去之後，決定以這個論點做為我之後研究工作的主題。切勿忘記的是，這些卡片固然是寫畢業論文時所做的一種投資，但如果有意繼續從事研究，在接下來幾年，甚至十幾年的時間裡，都能派上用場。

表六

交集索引卡片

我們不再就各種卡片多做贅述。接下來只談第一手資料卡片和第二手資料閱讀卡片兩種。

4.2.2 製作第一手資料卡片

閱讀卡片是用來節錄評論性質的文字。我不會用同一組卡片記錄第一手資料。換句話說，你們如果要以曼佐尼為論文主題，自然必須將所有找得到的論述曼佐尼的書和文章整理成卡片，但是如果把曼佐尼的《約婚夫婦》或《卡馬紐拉伯爵》也做成卡片就很奇怪。如果論文研究的是關於民法法典的幾篇文章，或是德國數學家克萊因的愛爾朗根綱領也一樣。

最理想的狀態是，第一手資料永遠在手邊。無論是早年作者的精彩評註版作品，或是現代作者仍在書市上販售的著作，做到這一點並不難。這種投資不可省。只有自己的書，不管是一本或很多本，才可以畫重點，而且可以用不同顏色畫重點。我們來看看這有什麼好處。

畫重點讓書成為你個人專屬。把你們感興趣的段落畫線做記號，在多年後重新打開書也能一眼就認出當年你們感興趣的部分在哪裡。不過畫重點要有原則。有的人通篇從頭畫到尾，那麼畫重點形同白費力氣。有時候同一頁的內容資訊符合你不同面向的需求，這時候就必須讓畫重點的記號有所區隔。

用不同顏色的細字筆。一個顏色代表一個議題：同樣顏色也用來記錄工作計畫和不同卡片。這樣在動筆寫論文的時候就知道紅色是第一章會用到的重要段落，綠色是第二章會用到的重要段落。

顏色搭配縮寫（或用縮寫取代顏色）。例如科幻小說虛擬世界中的時間皺褶是PT（pieghe temporali），不同虛擬世界之間的矛盾性則用C（contraddizioni）。如果論文研究的是不同作者，那麼就給每位作者一個縮寫代碼。

用縮寫代碼表示資訊的重要性。在書緣用垂直的縮寫代碼IMP表示這一段文字十分重要，就可以避免整段劃線。CIT則表示這一整段都要節錄下來。CIT/PT則代表這一段可以用來解釋時間皺褶的問題。

用縮寫表示需要重讀。如果書中有幾頁第一次看覺得晦澀難解，可以在書角處寫R，表示要重看，等陸續看書慢慢釐清概念之後可以再回頭深入研究。

什麼時候不應該在書上劃線？如果這本書不是你的書，或這本書是稀有版本、非常值錢的時候，自然不應該輕率動手折損其價值。這種情況下就得將重要的部分影印下來，再在複本上畫重點。或是用筆記本將重要的段落抄寫下來，並加上評註。或者也可以為第一手資料製作卡片，不過工程浩大，因為每一頁都得做摘要整理。如果是法國作家傅尼葉的小說《美麗的約定》也就罷了，因為那本書短小輕薄。萬一論文要研究的是黑格爾的《邏輯學》呢？或是，回到第三章第二節之四〔3.2.4〕亞歷桑德里亞圖書館的例子，研究特掃羅的《亞里斯多德的望遠鏡》呢？唯一能做的就是影印，或做成筆記，之後一樣需要用色筆及縮寫作記號。

運用便條貼搭配劃線。在有縮寫代碼和不同顏色劃線的書頁夾上便條貼。

影印本的誘惑！影印的複本是不可或缺的工具，可以讓你擁有在圖書館看完的某本書，或是把還沒有看過的某本書帶回家。但是影印本常常會變成藉口。你們把上百頁的影印本帶回家，而影印時的手動操作讓你們誤以為自己已經擁有它，於是棄置一旁不再閱讀。這種事常常發生。那是一種囤積眩暈症，也是一種資訊的新資本主義。所以你們要能夠抵擋用影印本的誘惑，一旦擁有它，就要立刻閱讀做筆記。如果不是特別趕時間的話，千萬不要在真的擁有（閱讀並做筆記）上一本影印本之前又影印新的書回家。很多時候我也不知道我為什麼要影印某個文本，但是那能讓我安心，以為自己已經看過。

如果書是自己的，而且不具備古籍的價值，請儘管在書上寫註解，無須遲疑。不要理會跟你說要尊重書的那些人。善加利用書，比起擺在那裡不用，這才更尊重書。即便之後只能低價賣給舊書商，但在書上留下你曾經擁有它的記號便已足夠。

在選擇論文題目之前把所有這些事情都考慮清楚。如果某個論文題目要求你閱讀各種難以入手的書，多達數千頁的篇幅，沒辦法影印帶回家，你們也沒有時間一一抄寫到筆記本裡，那個題目就不適合你。

4.2.3 閱讀卡片

在所有常見的卡片中，最不可或缺的就是閱讀卡片，簡

單來說，閱讀卡片是用來精確記錄一本書或一篇文章中所有可用參考資料的卡片，包括簡述摘要、重點文字節錄，也可以記下心得，以及不同觀點。

閱讀卡片可以是第三章第二節之二〔3.2.2〕談及的書目卡片的補強，因為書目卡片只提供找書的基本資料，而閱讀卡片則提供一本書或一篇文章的所有資訊，所以應該「更大」。你們可以用標準格式的卡片，也可以自行製作，一般來說寬度最好是筆記本橫向大小，或是半張A4大小，材質為卡紙，以便收入資料夾中翻閱，或集結後以橡皮筋固定，應該用原子筆或自來水筆書寫，不易斷水，也可以避免使用鋼筆書寫墨水暈開的問題。閱讀卡片的內容結構可參考本章表七至表十四。

若是重要的書，可以多做幾張卡片，愈多愈好，之後按順序編號，在每一張卡片正面標註看過的書或文章的縮寫名稱。

製作閱讀卡片是為了整理批判性文獻資料，我在前一節說過，不建議為第一手資料做閱讀卡片。

做閱讀卡片的方式很多，也要看你們的記憶力如何，有的人必須把一切鉅細靡遺寫下來，有的人只需要做重點紀錄。基本格式大致如下：

一、精準的書目資料，最好比書目卡片更完整。書目卡片是為了方便找書，閱讀卡片則是為了用到書的內容，而且能夠在論文最後面的書目中列舉相關

資訊。製作閱讀卡片的時候，書一定在手邊，因此可以抄下所有可能的說明，包括頁數、版本、出版社等等。

二、作者資料。如果不是知名作者。

三、書或文章的簡短（或長篇）摘要心得。

四、摘錄。將你們認為日後可能會引用的文字抄寫在上下引號內，明確標出頁碼。切記不要將摘錄和大意（參見第五章第三節之二 {5.3.2}）搞混。

五、在摘要心得的開頭、結尾或中間寫下你們個人的意見，用彩色加括號框起來，以免跟作者論述混為一談。

六、在卡片上方用縮寫或顏色標示這張卡片跟工作計畫的哪個部分有關。如果跟多個部分有關，那就標記多個縮寫。如果跟整篇論文有關，那就用你自己知道的某個記號標註。

　

為避免口說無憑，我想最好還是舉例說明。接下來的表七至表十四是閱讀卡片範例。我不想虛擬議題及方法，所以將我自己寫畢業論文《論聖多瑪斯・阿奎那的美學論述》時整理的閱讀卡片找出來。我製作閱讀卡片的方法未必就是最好的，這些卡片只是提供一種方法，可以做出不同的卡片內容。你們會發現我也不像我希望你們做到的那般精確，少了很多資訊，還有很多資訊過於簡略，我也是後來才學會的，但你們不需要犯相同的錯。我沒有掩飾當年的不成熟和文筆

問題，請擷取值得借鑑的部分。我選擇了幾張短小輕薄的閱讀卡片，捨棄了對我的研究至關緊要的著作，因為那幾本著作任何一本都至少要十張卡片才夠。我們現在逐一檢視：

克羅齊卡片：卡片內容是一篇簡短的評論，因為該文作者是克羅齊所以重要。我之前就找到克羅齊評論的這本書，所以只抄錄了一個很重要的觀點。請看卡片最後方括號裡面寫了什麼：兩年後我的確這麼做了。

畢翁多里洛卡片：記錄爭議的卡片。新入教的教友看到自己研究的議題被鄙視故而怒氣沖沖。如實記錄下來，或許可以在論文中用註腳提及此一爭議。

葛倫茲卡片：書很厚，為了知道內容寫了什麼，我在一位德國友人協助下快速瀏覽完畢。對我的研究沒有明確幫助，但還是可以在註腳中提一下。

馬里頓卡片：我知道他是《藝術與經院哲學》一書的作者，但我不怎麼相信他。卡片最後我寫說是否引用他的論述需要三思，有待進一步查證。

舍尼卡片：舍尼是一位嚴謹的學者，這篇短文討論的議題對我的研究非常重要，我盡可能的擷取了所有精華。值得注意的是，這是尋找二手資料出處的典型範例。我記下了可以到哪裡去找第一手資料。與其說這是一張閱讀卡片，不如說這是一張書目卡片的增補版。

庫爾提烏斯卡片：書很重要，但我只抄寫了一段。當時趕時間，這一段之外的部分只能快速瀏覽。直到論文結束，才因為其他原因讀完全書。

馬克卡片：這篇文章很有趣，我擷取了精華。

希根卡片：刪除卡片，只是讓我知道這篇文章我用不到。

你們可以看到卡片右上角有縮寫代碼。我如果在括號內放入小寫的r，表示卡片裡有用顏色標示的重點。在此無須解釋不同縮寫和顏色代表什麼意義，重要的是必須要善加利用不同的縮寫代碼及顏色。

克羅齊Croce, Benedetto　　　　　　　理論/通論Th. Gen (r)

評論尼爾森‧瑟拉（Nelson Sella）著作《聖多瑪斯‧阿奎那的音樂美學》（Estetica musicale in S.T.d'A，看卡片）

《評論集》（La critica），1931年，頁71

克羅齊對瑟拉處理這個議題的細膩度和現代觀點讚譽有加。不過談到阿奎那的時候是這麼說的：

「……問題在於他對美和藝術的想法固然不能說錯，但是平凡無奇，就某個角度而言，大家都能接受或採用他的想法。他對美麗和精緻的形容無非是完整、完美、和諧和明亮，明亮指的是顏色乾淨。此外，他認為美是一種認知潛在能力。他甚至主張創造之美與萬物中可見的神聖之美很相似。重點是，無論是中世紀的集體態度或對阿奎那個人而言，美學問題都未能引起真正的關注。阿奎那腦袋裡創始的是其他事，所以並未對美學有所深究。因此阿奎那和中世紀其他哲學家的美學著作乏善可陳，不如（確實不如）瑟拉嚴謹，文字讀起來也不文雅，讓人心浮氣燥。」

〔對此論述的反駁可以做為切入點。最後那幾句話是關鍵〕

畢翁多里洛Biondolillo, Francesco　　　　　歷史/通論St. Gen (r)

〈中世紀美學與風格〉(L'estetica e il gusto nel Medioevo)

《品味與美學思想簡史》(Breve Storia del gusto e del pensiero estetico) 第二章，Messina, Principato出版社，1924年，pag.29

畢翁多里洛，輕捷曹主義的短視者。

前言可略過不看，那是以輕捷曹思維為本向年輕的心靈喊話。

看談中世紀的那一章，只用了十八行打發阿奎那：「中世紀以神學為尊，哲學被視如婢脮……。因亞里斯多德和普羅提諾諾而備受關注的藝術問題連剁輕恩。」〔是畢翁多里洛文化素養不夠，還是蓄意為之？是他自己的問題，還是學校教壞了錯？〕我們往下看：「我們來到但丁的成熟期，他的《饗宴》(II, 1) 賦予藝術四種意義。」〔畢翁多里洛詳細闡述了這套四意涵理論，渾然不知最早提出的人是聖貝德。他真的什麼都不懂〕「……但丁和其他人都以為《神曲》符合這個四重含意說，其實那是對個人肉庇世界的一種表達，純粹且無私，而但丁從自己的觀點出發對此視而不見。」

〔可憐的義大利！可憐的但丁，他竭其一生尋覓深層意涵，而這個傻伙說沒有喔，是「以為……符合」，其實不然。當作畸形史書用好了〕

葛倫茲Glunz, H.H.　　　　理論 / 通論 / 文學Th. Gen. Lett. (r,b)

《中世紀歐洲文學之美學》(Die Literarasthetik des europaischen Mittelalters)

Bochum-Langendreer, Poppinghaus出版社，1937年，頁608

中世紀高度重視美學，因此應該好好檢視中世紀詩人的作品。研究重心在詩人對於自己作品可能有的自覺。

爬梳中世紀文學風格的演進：

七一八世紀：將基督教教義引入形式空洞的古典文學

九一十世紀：用古代寓言故事宣揚基督教倫理

十一世紀：基督教思潮湧現（禮儀文學、聖人生平傳記、聖經釋疑、求世成為顯學）

十二世紀：因新柏拉圖主義，以更人性的角度看世界：上帝無所不在（愛情、事業、大自然）。寓意流派逐漸崛起（從阿爾沁到維克多派及其他）

十四世紀：文學依然為上帝服務，但詩開始從道德角度轉向美學表現。如同主藉由造物展現自我，詩人也開始展現自我、思想和情感（英國、但丁等等）

艾德加·德·布勞內在Re.Ne'osc. de phil（1938）評論此書。他說將中世紀文學風格的演進以時代做區分並不妥當，因為不同流派往往在同時

葛倫茲 2

在此〔這是他《中世紀美學研究》書中的論點，不懂他為何如此缺乏歷史感，他太相信看青哲學了！〕中世紀的藝術文明是複調性的。德‧布榮肉對葛倫茲的批判在於他沒有討論詩的形式美學：中世紀尤其注重這一點，想想當時各種充滿詩意的藝術形式。而文學的美學屬於廣義的美學範疇，這是葛倫茲忽略的。這種美學與畢達哥拉斯理論談的<u>比例</u>、奧古斯丁的質性美學（尺度、形式、秩序）及<u>戴奧尼修斯</u>的美學（光、明亮）交會。這一切背後都有維克多派心理學和基督教宇宙觀支撐。

馬里頓 Maritain, Jacques   理論/象徵 Th. Simb (v)

〈符號與象徵〉(Signe et Symbole)

《多瑪斯期刊》(Revue Thomiste)，1938年4月，頁299

作者預告會對該議題（從中世紀到今天）深入探討，主要談符號的哲學理論，以及魔法符號研究。〔又是一個讓人受不了的傢伙，只顧現代性而無視語文學。看他捨棄多瑪斯·阿奎那，卻研究十七世紀的阿奎那專家喬凡尼·桑·多瑪斯就知道！〕

他論述的依據是喬凡尼的理論："Signum est id quod reprassentat alind a se potentiae cognoscenti." (Log. II, p.21, 1) "(Signum) essentialiter consistit in ordine ad signatum."

然而符號未必永遠是意象，反之亦然（人子是意象，而非父親的符號；吶喊是符號，並非痛苦的意象）。喬凡尼還說："Ratio ergo imaginis consistit in hoc quod procedat ab alio ut a principio, et in similitudine ejus, ut docet St. Thomas I.35 and XCXIII. "(???)

馬里頓說象徵是一個意象符號：〔很不好解釋，意念其預設類比關係之物。〕(303)

也提醒了我要看阿奎那的《論真理》(De Ver. VIII, 5) 和《哲學大全》(C.G. III, 49.)。馬里頓還討論了形式符號、工具符號、應用符號等等，以及符號是魔法的一環（有非常多文獻資料）。

馬里頓 2

稍微談到一點藝術。〔關於藝術的無意識深層本質，他日後出版的
《創作直覺》做了進一步論述）〕

做為阿奎那專家，他觀察到這個有趣的現象：「……藝術作品中，
會同時有思辨符號（作品展現自身以外的東西）和詩意符號（傳達一種
秩序、呼籲），並不代表它在形式上是應用符號，而是過多的思辨符
號使其實質上具有應用性。而且不自覺、甚或不情願的，也成為了一種
魔法符號（魅惑的，令人神魂顛倒的）。」(329)

含尼Chenu, M.D.　　　　　理論 / 想像 / 幻想 Th. Im. fant. (s)

〈想像：哲學辭典學筆記〉(Imaginatio: Note de lexicographie philosophique)

《眾聲文集》(Miscellanea Mercati) 梵諦岡，1946年，頁593

對想像這個名詞提出不同解釋。首先是奧古斯丁的看法："Imaginatio est vis animae, quae per figuram corporearum rerum absente corpore sine exteriori sensu si dignoscit"（《論靈與魂》第38章，也有部分來自伊徽格·斯特拉、修格·聖維克多和其他人）。

修格庇《身心靈合一論》(PL, 227, 285)中談到由感官導靈至靈性，就完成了想像。從這個帶有神祕色彩的角度觀之，心靈的啟蒙和潛能的帶動被稱之為成形。聖文德庇《心靈邁向上主的旅程》中也談到想像庇這個神祕的成形過程中扮演的角色：感覺、想像（＝感官）、理性、理解、領會、開放心靈。想像會參與理性的成形，那是理解的產物，而經過感性完全淨化過的領會才能達到靈性。

經院哲學家波愛修斯也做了同樣的解釋，領會是感性的世界，而靈性是上帝，是想法，是質，是最初的道。另參考波斐立的〈亞里斯多德範疇論之導言〉。修格庇《剖解》中也表達相同立場。邏輯學家吉爾伯特·德拉·華瓦捷認為很多人稱想像和理解為意見，包括法國哲學家威廉·德·康其斯。圖像是形式，不過受限於物質，不是純粹形式。

輪到阿奎那了！

舍尼 2

他跟阿拉伯人看法一致（《論真理》14.1），認為圖像是「理解簡單的本質，亦即成形的另一種說法」（《闡述》19,5,(1-7)。〔所以是純粹理解！！！〕想像翻譯成阿拉伯文是taṣawor，字源是ṣurat（圖像），也是形式的意思，字源是動詞ṣawara（成形、造形），也有繪畫、孕育構思的意思。〔很重要，要再回頭看！！！！〕拉丁文成形源自亞里斯多德的vongis，是指在自身形成事物的再現。

所以阿奎那會說（《闡述》19,5,(1-7)：「想像以理解為先」。亞里斯多德在《靈魂論》則為幻想做了詮解。不過對中世紀的人而言，幻想是常識，想像則是深思熟慮。

只有西班牙哲學家貢狄薩利奴斯說：常識＝想像力＝幻想〔亂七八糟！得好好整理一遍〕

閱讀卡片

庫爾提烏斯 Curtius, Ernest Robert　　　　　　理論/通論 Th. Gen

《歐洲文學與拉丁中世紀》(Europäische
Literatur und lateinisches Mittelalter)
Bern，Francke出版社，1948年
特別是第12章第3節

很棒的書，目前只有第228頁對我有用。

這本書試圖展現詩的高貴，及其具有啟發性和探查真理的能力此一觀念對經院哲學家而言是全然陌生的，唯有但丁和十四世紀作家深知其趣。〔他是對的〕

例如大阿爾伯特認為與科學方法（模式擬定、分析、綜合）相反的是聖經的詩學方法（故事、寓言、隱喻）。而詩學方法是所有哲學方法中最脆弱的。〔阿奎那也說過類似的說，查查一下！！！！〕

庫爾提烏斯也談談到了阿奎那（《達味聖詠》詮釋，I，1，9-1），並釐清詩為低階知識的說法！（見其他卡片）

難道整個經院哲學都對詩沒有興趣，沒有產出過任何詩學著作〔經院哲學是，但中世紀否〕或藝術理論〔不會吧〕？如此說來，費神從文學和塑形藝術中汲取美學豈不是毫無意義，白做工。

此一質疑在第229頁第一段得到答覆：「現代人過度高估藝術，是因為失去了新柏拉圖主義和中世紀時期對美感的理解力。奧古斯丁對上帝

庫爾提烏斯 2

說：我太晚才愛上你，你是古老且永保如新之美。（《懺悔錄》X，
27，38）這裡說的美與美學無關〔確實如此，那麼該如何看待生物
學生具來的聖潔之美呢？〕。當經院哲學談論美，想的是上帝施予的
恩惠。美的形而上學（見普羅提諾諾）跟藝術理論之間毫無關聯。」
〔說的沒錯，不過這涉及到形式理論的灰色地帶！〕
〔要注意，這個人跟畢多里洛可不一樣！他或許不熟悉某些集大成的
哲學文本，但是頭腦很清楚，要反駁他也得心懷敬意〕

馬克 Marc, A.　　　　　　理論/阿奎那/通論 Th. Tom Gen (r)

〈阿奎那本體論中的對立法〉（La methode d'opposition en onthologie）

《新經院哲學期刊》（Revue Néoscolastique）1，1931年，p.149

理論論述，但仍有可用之處。

阿奎那學說體系是建立在對立規則上。

從最初始的存在理念（精神和現實在認知行為中交會，在彼此擦身而過之前捕捉到真實），到被視為互相對立的各種超驗：是為體的同一性和差異性、單一性和多樣性、偶然性和必然性、存在和不存在。

關於理解的存在做為內在體驗是真理，關於真理的存在做為外在訴求是良善：「一個綜合概念能統合不同面向，揭露兼具智慧和意志、心靈內與外的存在，那即是美。它為簡單的知識增添愉悅和歡樂，也為知識增添知識，它是真理之善，是善之真理，是所有超驗集結之榮光。——語出馬里頓」（154）。

書中進一步以下面的發展流程做說明：

存在：1. 超驗

　　　2. 可與體的多樣性組合做類比

　　　　行為與能力

　　　　存在與本質

馬克2

〔這跟阿奎那學者葛內內Paul-Bernard Grenet的說法很接近〕

3.範疇：在我們確認之尺度內的存在－以它所在的尺度做確認

實體：個體化等等

關係

所有對立而之對立與統合構成了體。所有思想上難以接受的卻會轉化為體制。

〔超驗的幾個觀點可以拿來用。

還要看一下跟愉悅跟歡樂相關的理念，寫到美學那一章

談美，眼見而心悅 (pulchra dicuntur quae visa placent) 的時候有用〕

表十四

閱讀卡片

希根Sagond, Joseph　　　　　　　　理論/光/明Th. Lux, Clar. (g)

〈光與影的美學〉(Esthétique de la lumière et de l'ombre)

《多瑪斯期刊》(Revue Thomiste)，1939年4月，p. 743

研究光與影，不過是從物理學角度出發。與阿奎那學說無關。

於我無用。

4.2.4 學術的謙卑

不要被這個標題嚇到，我無意探究倫理，要談的是閱讀和製作卡片的方法。

你們在表格範例看到我這個年輕研究員，竟然短短幾句話就捨棄了一個作者。今天我依然認為我沒有錯，我之所以這麼做是因為他用十八行文字就打發了一個如此重要的議題。這是少數案例。但我還是為他製作了卡片，把他的意見放進來。我這麼做不只是因為需要記錄跟我研究的議題有關的所有看法，也是因為**最精闢的看法未必來自大師等級的作者**。我要跟你們說說瓦萊修士的故事。

要理解故事在說什麼，我得先跟你們解釋我論文遇到的問題，還有讓我擱置將近一年的關卡為何。不過我遇到的問題恐怕很難讓大家感興趣，所以扼要說明如下：當代美學認為感受美的瞬間通常是直覺，但是阿奎那認為沒有直覺這回事。許多當代研究竭力證明他其實以某種方式討論過直覺，形同扭曲了阿奎那的論述。另一方面，阿奎那認為感知物的瞬間太快，稍縱即逝，無法解釋究竟如何體會美，而美很繁複，牽涉到比例、物的本質和材質配置之間的關係等等。解決之道是（我在寫論文最後一個月才想通）發覺對美的認知始於更難以一言道盡的行為，而非判斷。問題是阿奎那沒有把話說清楚，不過從他如何論述美的認知自然而然會得到這個結論。但是做詮釋性研究的目的無非是，向作者提問，讓作者不得不將沒有說清楚的話說清楚。換句話說，要做的是

透過對照研究作者理念的各方看法，讓答案不言自明。作者沒有說，或許是因為他覺得夠清楚，也有可能（阿奎那的例子）是他並未有系統地論述美學問題，總是順帶一提，因為覺得答案無庸置疑。

所以當時我面對的是這樣一個問題，而我看過的書之中卻沒有任何一本可以為我解惑（如果說我的論文有什麼獨特之處，那就是我這個問題的答案應該會自然浮現）。當我萬分沮喪，四處尋找可以幫忙的文本時，有一天在巴黎的舊書攤找到了一本小書，最初吸引我的是這本書的裝幀，我翻開後發現作者是一位瓦萊修士，書名是《聖多瑪斯阿奎那哲學中對美的看法》（魯汶出版社，一八八七年）。我從未在其他書目中看過這本書，作者是十九世紀的一個無名小卒。我當然掏錢買下（而且一點都不貴），打開書開始看了之後發現瓦萊修士是個可憐蟲，他只會重複別人的看法，沒有任何新發現。我之所以繼續往下看，不是基於「學術的謙卑」（我當時不懂，是在看那本書的過程中學會的，瓦萊修士是我重要的導師），只是不肯認輸，想把我花出去的錢「賺」回來。我繼續看，看到某個地方，可以說是瞄到，也可以說是在不經意間，在瓦萊修士也沒有意識到他的認同有何意義的情況下，發現書中提到一個判斷力理論與美的認知有關。嗜！我找到解開謎題的鑰匙了，而這把鑰匙是瓦萊修士給我的。他早在一百多年前就過世了，沒有人關心他，但他仍然教誨了願意聆聽他的人。

這就是學術的謙卑。任何人都可以是別人的老師。說

不定優秀的我們能從不如我們優秀的那些人身上學會某樣東西。說不定那些看起來不怎麼優秀的人，其實有深藏不露的優點。也或者是對甲而言不夠優秀的人對乙而言卻很優秀。理由千變萬化。重要的是要懷著尊崇的心聆聽所有人，但也不能因此避而不肯評斷其價值，或拒絕接受跟我們的想法不同，或意識型態上與我們背道而馳的作者。即便是最高傲的對手都有可能讓我們得到啟發。當然還要看時間、季節、時辰對不對。我如果早一年讀到瓦萊修士的書，可能看不出端倪。誰知道有多少比我更聰慧的讀者看過那本書，卻一無所獲。這個經驗讓我知道，如果要做研究，不能鄙視任何資料，這是基本原則。這是我們所說的學術的謙卑。這麼說或許流於偽善，因為內心實則充滿驕傲，但是這時候不要糾結道德問題，管他謙卑或驕傲，照做就是。

第五章

撰寫論文

.TXT

5.1__對誰說話

寫論文的時候是對誰說話？指導教授？未來有可能看到或參考這本論文的所有學生及學者？不具備專業知識背景的廣大群眾？是應該把論文當成未來會送到上百成千讀者面前的書來寫，還是當作科研院專屬的學術性文章來寫？

這個問題很重要，因為牽涉到你們的論文要用什麼形式鋪陳，同時也牽涉到論文內容要說明到什麼程度。

我們必須先釐清一個謬誤觀念。一般認為用大家都能看懂的方式把事情解釋清楚的普及性文本，比用只有少數專業人士才能看懂的方程式寫出來的專題論文更輕鬆簡單。事實未必盡然如此。當然，解釋愛因斯坦發現的相對論公式$E=mc^2$比解釋其他精采的物理論述需要耗費更多腦力，但是通常未用淺顯方式解釋專有名詞（並匆匆帶過）的論文作者，會讓人懷疑他對議題的掌控不如能夠清楚說明所有參照和演變的論文作者那麼有把握。你們如果閱讀重量級科學家或評論家的文章，除了少數例外，會知道他們大多論述清晰，且樂於把事情詳加解釋清楚。

所以說，就機率而言，畢業論文主要是寫給論文指導教授及共同指導教授看的，但是也不排除會有其他人閱讀或當作參考資料，包括其他領域的學者在內。

所以一篇哲學論文自然不需要開宗明義解釋何謂哲學，討論火山現象的論文也不需要解釋何謂火山，不過在這些理所當然之外，還是要盡可能提供讀者所有必要的資訊為佳。

首先要界定論文中會用到的專有名詞，專業領域中無疑議被視為基本的專有名詞除外。研究形式邏輯學的論文裡不需要界定「蘊涵」一詞，但是如果論文研究的是美國邏輯學家劉易斯提出的嚴格蘊涵，那麼就需要區分實質蘊涵和嚴格蘊涵之間的不同。研究語言學的論文中不需要界定「音位」，但是如果論文題目是羅曼・雅各布森的音位研究，那麼就需要進一步界定。如果我在同一篇語言學論文中用到「符號」一詞，最好加以說明，因為不同作者賦予的意義不同。所以通則是，**界定論文論述中所有關鍵的技術性專有名詞**。

此外，不應假設讀者一定了解我們完成的研究。如果論文研究的是義大利統一運動中的靈魂人物加富爾，或許讀者會知道加富爾是誰，但是如果今天研究的對象是統一運動第二代極左派代表人物費利伽・卡瓦洛提，就應該扼要說明他是哪個年代的人、出生日期及其死因。行文至此，我眼前正好有兩篇文學院學生的論文，一篇談十七世紀義大利劇作家兼演員喬凡・巴蒂斯塔・安德烈伊尼，另一篇談十八世紀法國歷史學家兼劇作家雷蒙・德・聖阿爾賓。我心裡有數，即便請來一百位大學教授，而且全都任教於文學系或哲學系，也只有少數對這兩位名不見經傳的文人有所認識。

第一篇論文的開頭（很糟）是這樣的：

關於喬凡・巴蒂斯塔・安德烈伊尼的作品研究，最早投入的是原籍希臘、博學多聞的神學家雷翁內・

> 阿拉齊（Leone Allacci, 1586生於希俄斯—1669卒於
> 羅馬），他整理的安德烈伊尼作品年表，對劇場史
> 研究貢獻良多。

這段文字對研究安德烈伊尼的阿拉齊做了詳細介紹，卻沒有說明安德烈伊尼是誰，任何人看了都無法認同。寫論文的人或許會說，安德烈伊尼才是我心目中的英雄！沒錯，既然他是你的英雄，你就應該快點讓每一個打開你論文的人認識他，不要以為指導教授知道他是誰就夠了。畢竟你不是寫私人信函給你的指導教授，這篇論文應該要當作是給全人類看的一本書來寫。

第二篇論文開頭比較中規中矩：

> 我研究的主題是一七四七年在法國發表的一篇文
> 章，作者是雷蒙·德·聖阿爾賓，生平資料有限。

隨後解釋那篇文章跟什麼議題有關，及其重要性。我認為這是一個正確的論文開頭：我知道雷蒙·德·聖阿爾賓是十八世紀的人，而我之所以對他所知不多，是因為他的生平資料有限。

5.2__怎麼說話

一旦決定論文是為誰而寫（對象是全人類，而非指導教授）之後，接下來要決定的是怎麼寫。這個問題很棘手：

如果有明確規範的話，人人都可以成為大師。我很想建議大家來回多寫幾次，或是在開始寫論文之前先寫點其他東西，因為寫作是需要練習的。不過我可以提出幾個通則給大家參考：

你們不是普魯斯特。不要寫長句。靈感來了就寫，寫完再切成短句。不要害怕重複主詞，但是最好避免太多代名詞和從屬子句。千萬不要這樣寫：

> 鋼琴家保羅·維根斯坦是寫出被視為當代哲學經典《邏輯哲學論》的知名哲學家路德維希·維根斯坦的兄長，他有幸讓莫里斯·拉威爾為他譜寫出《左手鋼琴協奏曲》，因為他在戰爭中失去了右手。

應該這麼寫：

> 鋼琴家保羅·維根斯坦是哲學家路德維希·維根斯坦的兄長。由於他在戰爭中失去了右手，莫里斯·拉威爾為他譜寫出《左手鋼琴協奏曲》。

或是：

> 鋼琴家保羅·維根斯坦是著有《邏輯哲學論》經典作品的哲學家路德維希·維根斯坦的兄長。保羅·維根斯坦在戰爭中失去了右手，因此莫里斯·拉威爾為他譜寫出《左手鋼琴協奏曲》。

請不要這樣寫：

這位愛爾蘭作家捨棄了家庭、祖國和教會，只忠於自己。我們不能說他是一位入世的作家，雖然有人認為他有費邊主義和社會主義傾向。第二次世界大戰爆發的時候他有意對顛覆了整個歐洲的這場悲劇視而不見，只關心他進行中的最後一部作品。

可以這麼寫：

喬伊斯捨棄了家庭、祖國和教會。他只忠於自己。我們顯然不能說他是一位『入世』的作家，雖然有人刻意以費邊主義及社會主義分子形容他。第二次世界大戰爆發的時候，他有意對顛覆了整個歐洲的這場悲劇視而不見。當時喬伊斯只關心他進行中的《芬尼根守靈》。

請千萬不要這麼寫，雖然看起來十分「文藝腔」：

當作曲家史托克豪森談及「音簇」時，心中想的不是荀白克的序列音樂，也不是魏本的序列音樂。這位德國音樂家面對序列音樂結束前不得重複十二音中任何一音的要求，並不以為然。而「音簇」這個概念就結構而言比起序列音樂更勇於突破成規。
更何況，就連魏本也沒有嚴格遵守《華沙倖存者》清唱曲作者訂定的準則。
而寫出《曼怛羅》的作曲家則有過之而無不及。關

於前者，仍需要分析其作品的不同階段。貝里歐也說，不能將這位作曲家視為謹遵序列教條的音樂人。

你們會發現看到最後已經無法分辨文中說的究竟是誰。而且用一部作品就想為作者定位也犯了邏輯上的錯誤。雖然近來大家談及曼佐尼常以「《約婚夫婦》的作者」稱之（擔心重複太多次他的名字，因為根據寫作指南，最好避免重複）。問題是「《約婚夫婦》的作者」並不足以完整代表曼佐尼。甚至於，我們可以說，在某些論述裡「《約婚夫婦》的作者」跟「《阿德爾齊》的作者」是有些許不同的，雖然從生理和生命始末角度觀之，我們說的確實是同一人。所以我會將上面那一段文字改寫如下：

當作曲家史托克豪森談及「音簇」時，心中想的不是荀白克的序列音樂，也不是魏本的序列音樂。關於序列音樂結束前不得重複十二音中任何一音的要求，史托克豪森並不以為然。而「音簇」這個概念就結構而言比起序列音樂更勇於突破成規。更何況，就連魏本也沒有嚴格遵守荀白克訂定的準則。而史托克豪森則有過之而無不及。關於魏本，仍需要分析其作品的不同階段。貝里歐也說過，不能將魏本視為謹遵序列教條的音樂人。

你們不是愛德華・艾斯特林・卡明斯。卡明斯是一位美國詩人，他簽名的字首一律用小寫，向來吝於使用逗號、

句號等標點符號，還把句子切割得亂七八糟，總之，他恰如其分地執行一位前衛詩人該做的所有事情。然而，你們並不是前衛詩人。即便你們的論文主題是前衛詩，你們也不是前衛詩人。難道論文研究巴洛克畫家卡拉瓦喬，你們就要開始作畫嗎？同理，即便論文研究的是未來主義藝術家的風格，你們也不能用未來主義風格寫論文。這個提醒至關重要，因為今天很多人企圖寫出一篇「石破天驚」的論文，完全將批判性論述規則拋諸腦後。但是寫論文用的語言是元語言，是用來談論其他語言的一種語言。心理醫生描述精神病患的時候不會用精神病患的方式來表達，我的意思不是指精神病患的表達方式有錯。你們可以合理相信他們是唯一該怎麼表達就如實表達的人。這時候你們有兩個選擇：不寫論文，用拒絕文憑、改當吉他手來表現你們對於石破天驚的渴望；寫論文，對大家說明為什麼精神病患的語言不是「神經病」的語言，為了把事情解釋清楚，必須用大家都能看懂的批判性元語言書寫。用詩寫論文的偽詩人是個可憐蟲（而且很可能是個糟糕的詩人）。從但丁到艾略特，從艾略特到桑圭內提，所有前衛詩人談起自己的詩，都是用散文體，而且思路清晰。當馬克思想要討論勞工問題的時候，他不用勞工的方式說話，反倒像個哲學家。恩格斯於一八四八年發表《共產黨宣言》，用的是新聞體，句子簡短有力，極具鼓動性。那正是向政治人物和經濟學者喊話的《資本論》的書寫風格。別說什麼詩學暴力「深植你心」，不能屈服在扁平乏味的批判性元語言之下。你們是詩人嗎？別拿文憑吧，蒙塔雷大學沒

有畢業，仍然是義大利詩壇的偉人。拿工程學位的小說家嘉達愛怎麼寫就怎麼寫，夾雜了不同方言，風格詭譎多變，可是當他必須訂定戒律以規範廣播電台撰稿人的時候，又能夠寫出一篇趣味橫生、尖酸刻薄的散文，讓大家一看就懂。蒙塔雷寫評論文章總是會讓所有人理解他在說什麼，即便你看不懂他寫的詩。

勤於分段。需要分段的時候分段。因起承轉合需要分段的時候分段。盡可能分段，有益無害。

想到什麼就全部寫下來，但僅限於論文初稿。之後你們會發現自己被一頭熱牽著走，遠離了論文主軸。所以得把附帶的、離題的部分切割，放進註腳或附錄裡（參見云云）。論文是用來展現你一開始精心建立的假設成立，不是為了展現你無所不知。

把指導教授當作生物實驗對象。一定要想辦法讓指導教授儘早在你們繳交論文之前看過前面幾章（之後再慢慢看完其餘章節）。他的意見很可能非常有用。如果指導教授很忙（或很懶），就找朋友幫忙看，確認別人是否能看懂你寫的內容。千萬不要自詡為孤獨的天才。

不要堅持非從第一章開始寫起不可。如果覺得第四章的資料最完整，你們最有把握，那就從第四章開始寫，假裝自己已經把前面幾章搞定一般從容自在。你們要有勇氣。當然，前提是你們有所依歸，那就是一開始你們預設的目次（第四章第一節〔4.1〕）。

不要用刪節號或驚嘆號。不要解釋反諷。可以完全用

指涉性語言或完全用**比喻性語言**說話。所謂指涉性語言是指所有事物都以其最普遍、最廣為人知的名稱稱之，沒有含糊的空間。例如「威尼斯—米蘭列車」是指涉性語言，而「潟湖銀箭號」則是比喻性語言。這個例子是為了說明在日常生活溝通時，有可能局部採用比喻性語言。不過評論性文章或學術研究性質文章最好都以指涉性語言書寫（所有用詞都必須明確無歧義），但是有時候譬喻、嘲諷或間接肯定也很好用。下面有兩個例子，第一個是指涉性文本，第二個則是用比喻手法加以改寫的文本。

> **指涉性文本：**做為丹尼耶利作品的詮釋者，克拉斯納波爾斯基不算特別有洞察力。他會從文本中挖掘出可能並非作者本意的東西。例如「暮色中仰望雲彩」這句話，麗池認為只是一般的景色描述，但是克拉斯波爾斯基卻認為有其象徵意涵，隱喻的是創作活動。不能盡信麗池的評論，同樣也必須對克拉斯波爾斯基的看法存疑。希爾頓說：「麗池的觀點接近觀光傳單，克拉斯波爾斯基則是四旬齋講道。」之後還補了一句：「兩種評論都很完美」。

> **比喻性文本：**我們不認為克拉斯波爾斯基是丹尼耶利作品最具洞察力的詮釋者。他在評論丹尼耶利時有用力過猛之嫌。例如「暮色中仰望雲彩」這句話，麗池認為是一般的景色描述，但克拉斯波爾斯

基卻強行導入象徵意涵，認為意指創作活動。麗池的評論未必鞭辟入裡，對克拉斯波爾斯基的評論也無需嗤之以鼻。誠如希爾頓所言，如果說麗池是觀光傳單的話，那麼克拉斯波爾斯基就是四旬齋講道。兩者都是評論的完美模範。

我們看到，比喻性文本裡用了數個修辭手法。從**間接肯定**開始，說不認為他是具洞察力的詮釋者，意即認為他是不具洞察力的詮釋者。之後用了**隱喻**：用力過猛、強行導入象徵意涵。還有，說麗池未必鞭辟入裡，意指他是一個謹慎的詮釋者（**間接肯定**）。觀光傳單和四旬齋講道是明喻，至於說他們是完美的評論家則是反諷：把一件事情挑明，是為了說反話。

修辭比喻可用可不用。如果用，是因為我們預設讀者能夠理解，也是因為我們認為用此手法可以讓議題得以凸顯，也更有說服力。所以無需害羞，也**不需要解釋**。如果認為我們的讀者是笨蛋，就不要用比喻手法的修辭，如果用了又做解釋，意味著我們認定讀者是笨蛋，讀者也會把作者視為笨蛋做為反饋。過於害羞的論文作者很可能會行中間之道，或為自己使用比喻手法找藉口：

有所保留的比喻性文本：我們不認為克拉斯波爾斯基是丹尼耶利作品……最具洞察力的詮釋者。他在評論丹尼耶利時有……用力過猛之嫌。例如「暮色

中仰望雲彩」這句話，麗池認為是一般的景色描述，但克拉斯波爾斯基卻……強行導入象徵意涵，認為意指創作活動。麗池的評論未必……鞭辟入裡，但是對克拉斯波爾斯基的評論也無須……嗤之以鼻！誠如希爾頓所言，如果說麗池是……觀光傳單的話，那麼克拉斯波爾斯基就是……四旬齋講道，還說他們二人是評論的完美模範（顯然是反諷！）。好，回頭說正經的……。

我想沒有人會以如此小資產階級文青之姿寫出這麼一段欲言又止、充滿歉意微笑的文字。我自然是誇大其辭了（而我之所以挑明了說，是因為從教育角度而言，必須要讓大家看懂那是刻意模仿搞笑）。然而第三個例子確實是集業餘寫作者常有壞習慣之大成。第一，使用刪節號昭告天下「我接下來要說一件大事！」幼稚。刪節號只用在引述文字時有刪減，最多可以放在複合句句尾，用來說明羅列事項未完，尚有其他待續。其次，驚嘆號是用來強調確定之事，用在評論性論述文中很不恰當。你們回頭檢查正在看的這本書，會發現我只用了一至二個驚嘆號。如果想要讓讀者從椅子上跳起來，或是強調非常重要的事情，例如「注意，千萬不能犯這個錯！」，一至二個驚嘆號是在允許範圍內的。常規是保持低調，等到要說重要事情的時候比較有效。再者，第三個案例中作者為使用反諷手法（明明出言嘲諷的是他人）表達歉意，而且刻意加以強調。如果你們覺得希爾頓的反諷不夠

明顯，可以這麼寫：「希爾頓以隱晦的嘲諷語氣重申我們看到了兩位完美的評論家」。問題是嘲諷不應該真的隱晦。在第三個案例中，希爾頓說完觀光傳單和四旬齋講道之後，嘲諷已經昭然若揭，無須挑明做進一步解釋。那句「回頭說正經的」也是如此。有時候這麼做的確有助於調節驟然轉換的語氣，但問題是前面的論述並沒有開玩笑。在這個案例中你嘲諷、隱喻，但是沒有開玩笑，這些都是非常嚴肅的修辭手法。

你們在這本書裡看到我至少有兩次用謬論做陳述，之後我說明那是謬論。我之所以這麼做，不是因為我認為你們看不懂，正好相反，是因為我擔心你們懂太多，認為不需要認真對待那個謬論。但我認為儘管是謬論，在我的陳述中仍然有至關緊要的真相。我在此把事情攤開來說，是因為這是一本教科書，因此比起優雅的文字風格，我更重視的是大家都能理解我要說的是什麼。如果今天我寫的是論述文，絕不會在寫了謬論之後自行動手拆解。

第一次提及專有名詞時務必給予清楚定義。如果無法定義專有名詞，就別做。如果這個專有名詞是論文的關鍵詞，而你們無法定義的話，趕快停筆，因為你們恐怕選錯了論文（或職業）。

如果之後不打算解釋廷巴克圖在哪裡，那麼前面就別解釋羅馬在哪裡。每次看到論文中出現這樣的句子都讓人不寒而慄：「猶太裔荷蘭籍泛神論哲學家史賓諾沙被顧佐稱為……」。這是大忌。除非你們的論文主題是史賓諾沙，讀

者自然知道史賓諾莎是誰，而你們也肯定在文中提到過義大利學者奧古斯托‧顧佐寫了一本討論史賓諾沙的專書。如果你們是在探討核子物理學的論文中順手寫出這麼一句話，就不要奢望連史賓諾沙都可能不知道的讀者會知道顧佐是誰。如果你們寫的是甄提雷之後的義大利哲學發展，大家理應知道顧佐是誰，自然也會知道史賓沙諾是誰。千萬別這麼寫：「艾略特，英國詩人」（但他其實出生在美國），即便你們的論文是做歷史研究。無人不識艾略特。最多在你們想強調語出某位英國詩人的時候，可以這麼寫：「英國詩人艾略特說……」。但是如果你們論文研究的是艾略特，就必須耐著性子提供所有關於他的資訊，即便不寫在內文裡，也要在論文開頭老老實實、實事求是地將他的個人基本資料濃縮成十行文字寫成註腳。不管讀者有多專業，也未必一定能記得艾略特的出生日期。如果今天研究的對象是數百年前的非知名作家，就更應該這麼做，不要以為所有人都知道他是誰，應該立刻說明他是何人，他的定位為何等等。就算那個人是莫里哀，寫一個註腳提供他的出生、死亡日期，算是舉手之勞吧？也為備不時之需。

要說我，還是我們？寫論文該以第一人稱闡述己見嗎？應該說「我認為……」嗎？有人覺得用「我」比用複數「我們」更誠實，但我不這麼認為。說「我們」是預設論文表達的看法受到讀者認同。寫作其實是一種社會行為：我寫，是為了閱讀的你能接受我向你提出的看法。所以最多可以避開人稱代名詞，改用無人稱方式表達，例如：「可以得

出結論，闡明後可知，至此可以說，不難想見，由此可以推斷，根據此文可知」等等。不需要說「我之前提到的那篇文章」，也不需要說「我們之前提到的那篇文章」，只需要說「前述那篇文章」。但是我認為可以寫「前述那篇文章告訴我們」云云，因為這種表達方式並不會讓研究型論述個人化。

5.3__引述

5.3.1 何時及如何引述：十個準則

通常一篇論文中會引述許多其他人的論文，包括你們研究的文本、第一手資料、相關主題的評論文章和第二手資料。

引述可分為兩種類型：（一）引用一個文本，然後加以詮釋；（二）引用一個文本，以支持自己提出的詮釋。

很難說引述愈多愈好，還是愈少愈好，要看論文類型。若是針對某位作家做評論分析，顯然需要大量引用他的文字，以便進行分析。有的情況下大量引述很可能會讓人認為你偷懶，覺得論文作者不想或沒有能力彙整資料，寧願讓別人代勞。

以下是引述的十個準則。

準則一：論文詮釋分析的對象文本可以合理地廣泛引用。

準則二：只引用可以為我們的看法提出佐證，或支持我們觀點的評論文章。

由這兩個準則可以得出以下結論。如果分析的對象文本引用超過半頁篇幅，表示有問題。很可能是節錄出來要分析的範圍太大，難以逐點做評註，或者你們在談的不是某個段落，而是整個文本，所以與其說你們在做分析，不如說你們在做整體評斷。這種情況下，如果要分析的對象文本很重要，但是篇幅太長，最好將完整版放在附錄裡，在內文中只引用較短的段落。

此外，引用評論文章時要注意的是，若非被引用部分確實具有新意，便是能以權威之姿為你們所寫的背書。像下面這段文字提及兩個人的意見，是無意義的引述：

> 麥克魯漢說，大眾媒體是「我們這個時代的主流現象之一」。別忘了，光是加拿大，根據薩夫伊所言，三個人之中有兩個人每天花三分之一的時間坐在電視機前面。

引述這兩個人的意見為何無用？何錯之有？首先，大眾媒體是我們這個時代的主流現象之一是顯而易見的，任何人都可能說過這句話。不能排除麥克魯漢也說過（我沒有做過查證，這句話是我杜撰的），但是沒有必要引述權威人士

的話來為眾所周知的想法背書。其次，有可能後面談及電視收視率的數據是正確的，但是薩夫伊（這個名字也是我胡謅的，以取代無名氏）並非權威人士。還不如引用任何一位有公信力的知名學者的社會學研究報告，或是統計機構數據，或是你們做成表格放在附錄裡的調查結果。與其引用不知名人士的話，不如自己說「可以推測三個人之中有兩個人……」云云。

準則三：除非在引用前後有評判論述，否則引用他人文字，就表示你贊同該作者的想法。

準則四：每一則引用文字都要清楚列出作者，以及該出版品或手稿出處。可以用下列方式羅列：

（一）以註解說明，特別是第一次提及的作者。
（二）在引用文字後的括號內註明作者姓名及作品出版年份。（另參見第五章第四節之三﹙5.4.3﹚）
（三）如果全章節或全論文的引用文字都涉及同一位作者的同一本著作，只需在括號內載明頁碼即可。請參見表十五，看看如果論文題目是〈論喬伊斯《青年藝術家的畫像》中的顯現〉，該如何撰寫內文。一旦確立了論文研究的著作版本，並且決定為了方便起見採用義大利作家帕維瑟翻譯的版本，只需要在內文的引用文字後括號內載明頁碼，相關

評論文章列在註解內即可。

準則五：第一手資料的引用以評註版或最具公信力的版本為佳。最好避免在研究巴爾札克的論文裡引用口袋書版本，至少得是七星文庫版。引述古代和古典作家通常只需要按照既定用法載明段落、章節（參見第三章第二節之三〔3.2.3〕）。至於當代作者，若引用的作品有多個版本，或是從初版到最新版本經過多次校訂和修潤，得視情況而定。如果初版之後的版本都是單純再刷，那麼就引述初版，如果經過修訂、增補及更新，那麼就需要引述最新版本。無論如何都要註明初版和最新版是第幾版的資訊，並說明自己引用的是哪一個版本（參見第三章第二節之三〔3.2.3〕）。

準則六：如果研究的是外國作者，那麼引用文字必須是原文。如果涉及文學著作，這個準則必須嚴格遵守。這種情況下，如果能在引用文字後括號內或用註解補上翻譯，或許會有用。這一點要看論文指導教授的意見。若不須分析文學風格，著重在其思想的精準表達，那麼語言的細微差異也有影響（例如評論某位哲學家的論述），最好能直接用原文，並且在隨後的括號內或註解中附帶翻譯，這麼做其實形同你們對引用文字的詮釋。如果引用外國作者的文字單純為了取得資訊、統計數字、歷史資料，或是大眾評價，可以只用現成的譯文，或自己翻譯，以避免讀者持續在不同語言穿梭，只需要引用原文標題，並說明採用的是哪一個譯本即可。若

研究對象是外國詩人或小說家，不僅要檢視其風格，也要討論其哲學意涵，如果必須持續且大量引述作品文字，那麼就得決定是否要重譯，好讓行文更為流暢，僅在需要凸顯某個字的用法時插入簡短的原文段落。這一點也可以參考以喬伊斯為例的表十五。同時請參見上述準則四第三點。

準則七：提及作者和作品的時候必須講清楚。以下面這個（錯誤的）例子來做說明：

> 我們同意瓦斯奎茲的看法，他認為「這個問題根本沒有被解決」[5]。雖然眾所周知，理查・布勞恩說過「這個歷時多年的爭議早已釐清」[6]，但我們跟作者一致認為「在抵達知識的殿堂之前，還有很長的路要走」。

顯然第一句引用文是瓦斯奎茲說的，第二句則是布勞恩說的。第三句讓人覺得是瓦斯奎茲說的，是否真是如此？因為我們在「註五」中說明第一句出自瓦斯奎茲著作中第一百六十頁，就該認定第三句也出自同一本書的同一頁嗎？

原註5：羅貝托・瓦斯奎茲（Roberto Vasquez），《模糊概念》（*Fuzzy Concepts*），倫敦，Faber出版社，1976年，p. 160。
原註6：理查・布勞恩（Richard Braun），《邏輯與知識》（*Logik und Erkenntnis*），慕尼黑，Fink出版社，1968年，p.345。

萬一第三句出自布勞恩的著作呢？所以這段文字應該修訂如下：

> 我同意瓦斯奎茲的看法，他認為「這個問題根本沒有被解決」[7]。雖然眾所周知，理查·布勞恩說過「這個歷時多年的爭議早已釐清」[8]，但我們跟作者一致認為「在抵達知識的殿堂之前，還有很長的路要走」[9]。

請注意，註九是這麼寫的：「瓦斯奎茲，同前引書，第一六一頁」。如果這句話也出自第一六〇頁，那麼註九可以是：「瓦斯奎茲，同上（ibidem）」。但是如果只寫「同上」，不寫「瓦斯奎茲」的話，代表這句話出自上面引用的布勞恩同一本著作第三四五頁。Ibidem的意思是「同一處」，只在內容完全與上一則註重複的時候使用。不過，如果內文不是「我們跟作者一致認為」，而是「我們跟瓦斯奎茲一致認為」，並且後面那句話同樣出自第一六〇頁的話，註九就可以寫「同上」了。但前提是，提及瓦斯奎茲和他的著作出現在前後數行內或同一頁內，或中間間隔不得多於兩個註。如果瓦斯奎茲的名字前一次出現是在十頁之前，那麼最好將註完整重寫一次，或至少要寫「瓦斯奎茲，同前引書，第一六〇頁」。

準則八：如果引用文字為二至三行，可以直接放入上下引號內插入文章段落中，就像我下面要引用坎貝爾和巴羅

的這段話,「不超過三行的引用文字以上下引號框起來,插入內文中」[10]。如果引用文字較長,最好獨立出來,齊頭縮排自成一段(如果內文行距是三,引用文字的行距可設定為二)。這時候就不需要上下引號,因為很清楚所有齊頭縮排自成一段的文字都是引用文字,要注意的是不能將引用文字跟我們的看法或相關說明混為一談(應該另外寫註)。以下是兩個縮排引用文字範例:

> 如果引用文字超過三行,就應該獨立出來另起一段或多段,以齊頭縮排格式書寫……。
> 第一手資料的分段格式在引用時應維持不變。引用第一手資料時,段落間距維持單行,如同段落內的行距。如果各段文字引用自不同出處,而且之間沒有穿插任何評論,則應該採雙行間距隔開。[11]

> 縮排用以說明此為引用文字,特別是大量引用一定長度文字的文章……。這時候就不需要上下引號。[12]

原註7:羅貝托‧瓦斯奎茲(Roberto Vasquez),《模糊概念》(*Fuzzy Concepts*),倫敦,Faber出版社,1976年,p. 160。
原註8:理查‧布勞恩(Richard Braun),《邏輯與知識》(*Logik und Erkenntnis*),慕尼黑,Fink出版社,1968年,p.345。
原註9:瓦斯奎茲,同前引書,p.161。
原註10:坎貝爾、巴羅(W.G. Campbell, S.V. Ballou),《形式與風格》(*Form and Style*),波士頓,Houghton Mifflin出版社,1974年,p.40。
原註11:坎貝爾、巴羅,同上,p.40。
原註12:佩林(P.G. Perrin),《英語索引》(*An Index to English*),第四版,芝加哥,Scott, Foresman&Co.出版社,1959年,p.338。

這種方法很簡單，引用文字一目瞭然。如果想快速瀏覽，可以先跳過，如果讀者對引用文字的興趣大過於我們的評論，也可以停下來只看引用文字。而且要查詢的時候也可以立刻找出來。

準則九：引用文字必須忠於原文。第一，要原樣不變把每一個字抄寫過來（為確保沒有疏漏，應該在論文寫完後重新對照第一手資料做檢查，因為不管是手抄或打字，都有可能發生錯誤或遺漏）。第二，若有刪減，必須標示出來。而標示省略的做法是用刪節號取代刪減部分。第三，不得插入其他文字，所有我們的評論、說明、闡述都必須寫在方括號或夾註號內。此外，如果是我們（非原作者）要強調的重點，也需要標示出來。下面引文案例的標示方法跟我說的插入其他文字時的處理方法有少許出入，是為了讓大家知道這些準則可以有所變動，只要能夠遵守準則，並且前後統一：

> 引用文字……可能會遇到幾個問題……。如果要省略部分文字，必須在方括號內放刪節號〔我的建議是放刪節號，但不需要方括號〕。……如果要在引文中加入字詞以便於理解，請用夾註號標示〔別忘了這些作者談到的文本都是法國文學，有時候必須插入原手稿中沒有，但是從語言學角度推測應該要有的字詞〕。

> 切記避免法文打字錯誤，**書寫義大利文也要注意正確和語意明確**〔重點為筆者所加〕[13]。

如果引用時發現你們敬重的作者犯了明顯錯誤，不管是文體或資訊上的錯誤，都必須予以尊重，但可以在引用文字後面用方括號[]加sic向讀者說明，意思是「原文如此」。例如，薩伏伊認為「一八二○年[sic]拿破崙過世後歐洲情勢十分不明朗」。不過如果是我，我會放棄引用這位薩伏伊的話。

準則十：引用他人文字，就如同傳喚他人出庭作證。你們要有把握能隨時找到他們，並證明他們是可信賴的。因此，引用文字的相關資訊必須精確無誤、鉅細靡遺（如果無法說明出處是哪本書、哪一頁，寧願不引用），而且要經得起所有人檢驗。如果一個重要資訊或評斷來自於私人通訊、信函或手稿呢？可以用下列幾種方式為引用文字寫註：

（一）與作者私人通訊（一九七五年六月六日）。
（二）與作者信函往返（一九七五年六月六日）。
（三）一九七五年六月六日的聲明紀錄。
（四）C・史密斯，《史洛里埃達之源》，手稿。
（五）C・史密斯，第十二屆物理治療大會論文發
表，手稿（海牙，木桐出版社即將出版）。

原註13：康帕紐利、波爾薩里（R. Campagnoli, A.V. Borsari），《以法文及法國文學為主題的論文書寫指南》（*Guida alla tesi di laurea in lingua e letteratura francese*），波隆納，Patron出版社，1971年，p.32。

其中二、四、五都有文件可以查詢。三語焉不詳，因為從「紀錄」一詞無法得知是錄音或文字紀錄。至於一，只有作者可以出面否認（但也有可能作者已經辭世）。遇到這些比較罕見的情況，最好的做法是在確認以何種方式引述後，以信函通知作者，取得他的答覆，表明他確實如你們所言抱持那樣的想法，並同意你們引用他說的話。如果涉及石破天驚的重大發現，而且尚未發表（全新配方、秘密研究的最終成果等等），最好在論文附錄中附上授權信函。當然，提供該資訊的作者最好是知名研究學者，而不是隨便一個無名小卒。

　　其他注意事項：如果想要更精確，使用刪節號的時候有兩種處理方式。

> 如果省略的部分不重要，……刪節號放在後面完整的句子開頭。如果省略的是重要部分……，刪節號要放在逗號前面。

　　如果引用的是詩句，要遵守你們沿用的評論文章模式。簡而言之，如果只有一句，可以直接插入內文中：「那姑娘從田中走來」。如果是兩句，可以在中間用斜槓隔開：「博格利鎮的龍柏樹枯瘦高聳／從聖圭多禮拜堂開始並列前進」。如果是一段較長的詩，最好縮排獨立出來：

> 當我們結為連理，

幸福的我將追隨你。
我只愛我的蘿西・葛洛蒂
蘿西・葛洛蒂愛的只有我。

　　如果只有一句詩，但是你們之後要用不少篇幅分析這句詩的話，假設要從下面這句詩探討法國詩人魏爾倫的詩學基本要素：

De la musique avant toute chose

　　我認為不需要畫強調重點用的下底線，雖然這句是外文。如果你們論文的研究主題是魏爾倫的話，更不需要，否則要畫重點的恐怕有上百頁。但是可以這麼寫：

De la musique avant toute chose
et pour cela préfere l'impair
plus vague et plus soluble dans l'air,
sans rien en lui qui pèse ou qui pose…

　　如果你們的分析著重在「差異性」的話，也可以在第二句後面標出〔重點為筆者所加〕。

表十五

對同一文本做延伸分析之案例

《一個青年藝術家的畫像》充滿了其原型《史蒂芬英雄》（*Stephen Hero*）書中彷彿「神示」的某些神魂超拔情境：

> 閃爍著顫晃著，顫晃著慢慢展開，像劈開黑暗的光，像綻放
> 的花朵，這幻景無盡接續地延展開來而成鮮豔的緋紅，擴散
> 後消退成淡淡的玫瑰色，一瓣又一瓣，一波又一波光，用它
> 柔美、漸次增強的紅光填滿整片天空。（P.219）

我們清楚看到，「海底」幻景很快就轉為火的意象，以紅色和強光為
主。或許在這個轉換上原文表達得比較貼切，例如a brakin light，
wave of light by wave of light，以及soft flashes。

我們知道《一個青年藝術家的畫像》中常常出現火的隱喻，「火」這個
字出現了五十九次，各種「火焰」的變形出現了三十五次。[1]所以可以
說這個神示體驗跟火有關，於是我們以此為線索，循線索驥研究了早期
喬伊斯和寫出《火》的鄧南遮之間的關係。我們看看下面這一段：

> 或許是因為他視力微弱、思想畏縮不前，透過五顏六色、有
> 豐富歷史的語言三稜鏡看到熱情感性世界的折射，並未特別
> 感到愉悅……。（P.211）

令人難以置信地呼應了鄧南遮在《火》一書中的這段話：

> 被宛如鍛造場的熾熱氛圍所吸引……。

---

[1] L. Hancock, *A Word Index to J. Joyce's Portrait of the Artist*, Carbondale, Southern Illinois University Press, 1976.

5.3.2 引用文字、釋義和抄襲

做閱讀卡片的時候，你們會針對要研究的作者作品做重點整理：這麼做也是釋義，同時用文字複習該作者的思想。有些情況下，你們還會把他的文字整段抄下來。

等到開始動筆寫論文的時候，很可能你們手邊沒有書，得把寫在卡片上的段落謄寫過來。你們必須確認謄寫過來的文字是釋義，而非漏了上下引號的引用文字，否則就犯了抄襲的大忌。

這類抄襲常見於論文。學生不覺得自己站不住腳，因為在之前或之後的一個頁尾註腳裡，他解釋說資料來源是某某作者。然而讀者不巧發現那一頁的論述並非對原始文本做釋義，而是在沒有用上下引號的情況下原文照抄，於是讓讀者留下壞印象。這件事涉及的不只是指導教授，還有之後所有閱讀我們論文的人，不但與論文發表出版有關，也跟我們的專業表現評斷有關。

該如何判定一段文字是釋義而非抄襲呢？第一，如果文字比原始文本短很多，那就是釋義。但是有時候某些作者用一句話，或很簡短的一個段落，就傳遞了豐富的意涵，那麼這時候釋義就應該要很長，至少要比原始文本長。這種情況下不需要神經兮兮地擔心用了相同的字詞，有時候那是不可避免的，甚至於保留某些專有名詞是必要的。最保險的做法就是在手邊沒有原始文本的情況下完成釋義，這表示你們不但沒有抄襲，而且了解得非常透徹。

為了把事情說清楚，我用下列案例說明。案例一是節錄自原書中的一段文字（英國歷史學家諾曼‧柯恩的《末世狂徒》），案例二是釋義，案例三貌似釋義實為抄襲，案例四跟案例三一樣，但是很誠實地用了上下引號，解決了抄襲問題。

一、原文

假基督出現讓原本緊繃的情勢更加惡化。一代又一代都殷殷期盼著惡魔這個毀滅者來到，他的國度混亂失序，以綁架掠奪、酷刑屠殺做為獻祭，但同時也是序曲，預告令人期待的最終結局：耶穌再臨，建立神的國度。所有人都戒備提防，等待「信號」出現，因為根據先知所言，那些信號會宣告並伴隨著最後的「失序時期」到來。而所謂「信號」包括失職的執政者、民間的紛亂不安、戰爭、乾旱、饑荒、瘟疫、彗星、名人驟然辭世、各種犯罪行為激增，所以不難察覺。

二、真釋義

柯恩對此直言不諱[14]，他指出這個時期的情勢緊繃，不僅是因為在等待假基督，同時也在等待痛苦失序的惡魔國度，那是耶穌再臨的序曲，之後耶穌便會再度降臨，榮耀地建立神的國度。在掠劫、綁架、饑荒和瘟疫諸惡橫行的年代，大家發現諸此種種「信號」無一不與先知經書預言假基督降臨時的徵兆吻合。

三、假釋義

柯恩認為⋯⋯〔加入柯恩在書中其他章節談到的各種看法〕，但是別忘了假基督出現讓原本緊繃的情勢更加惡化。世世代代都殷殷期盼著惡魔這個毀滅者來到，他的國度混亂失序，以綁架掠奪、酷刑屠殺做為獻祭，但同時也是序曲，預告令人期待的最終結局：耶穌再臨，建立神的國度。所有人都戒備提防，等待信號出現，因為根據先知所言，那些信號會宣告並伴隨著最後的「失序時期」到來。而所謂「信號」包括失職的執政者、民間的紛亂不安、戰爭、乾旱、饑荒、瘟疫、彗星、名人驟然辭世（以及各種犯罪行為激增），所以不難察覺。

四、與原文幾乎一字不差的釋義，但避免抄襲

先前提及柯恩，他說：「假基督出現讓原本緊繃的情勢更加惡化。」不同時代都殷殷期盼著惡魔這個毀滅者到來，「他的國度混亂失序，以綁架掠奪、酷刑屠殺做為獻祭，但同時也是序曲，預告令人期待的最終結局：耶穌再臨，建立神的國度。」

所有人都戒備提防，等待信號出現，因為根據先知所言，那些信號會宣告並伴隨著最後的「失序時期」到來。柯恩說，這些信號包括「失職的執政

原註14：柯恩（Norman Cohn），《末世狂徒》（*I fanatici dell'Apocalisse*），米蘭，Comunità出版社，1965年，頁128。

者、民間的紛亂不安、戰爭、乾旱、饑荒、瘟疫、彗星、名人驟然辭世（以及各種犯罪行為激增），所以不難察覺。」

如果你們懶得做案例四這樣的釋義，不如乾脆引用整段文字。但要做到這一點，在你們的閱讀卡片上必須有完整抄錄的整段文字，或是不會啟人疑竇的釋義。因為你們開始寫論文的時候，不可能記得建立卡片資料的時候做了什麼，所以在做卡片的時候就要注意正確與否。你們必須有把握如果卡片上的文字沒有上下引號就是釋義，而非原文照抄。

5.4＿頁尾註腳

5.4.1 註有何用處？

有一派看法認為，有許多註釋的研究論文或書籍是裝腔作勢展現博學，或往往是故弄玄虛。的確無法排除有為數不少的作者用密密麻麻的註釋讓自己的研究成果看起來更重要，還有一些人在註釋裡夾帶不重要的訊息，甚或從他看過的相關評論文章裡拿來占為己有。但是只要註釋不偏不倚，還是有用的。怎樣的註釋叫作不偏不倚，很難說，要看論文類型。我們試著用案例來說明怎樣的註釋是有用的，以及有用的註釋應該怎麼寫。

一、**用註釋說明引用文字出處**。如果在內文一一說明出處，閱讀過程會持續中斷。當然也有其他方法可以在論文內文提供基本資料，而不需要寫註釋，可以參考本章第四節之三〔5.4.3〕。但是一般而言，註釋就是為了這個目的而服務的。如果註釋要提供的是書目資訊，最好做成頁尾註腳，不要放在全書或該章的最後面，方便讀者一眼就能看見。

二、**註釋可以給論文中討論過的某個議題提供其他輔助書目資料**：「關於這個議題，請另參閱XX書」。這類註釋最好放在頁尾。

三、**註釋可提供論文內部或外部的延伸閱讀資訊**。處理一個議題的時候，可以寫註釋建議另行「參閱」（cfr. 可以建議參閱另一本書，或論文中的另一章、另一節）。若是建議延伸閱讀的文本在同一篇論文內，此一建議可以直接寫在內文中，無需另寫註釋。例如你們現在正在閱讀的這本書，行文間便不時會出現連結到另一節的延伸閱讀建議。

四、**可以用註釋補充額外的引用文字**，以避免行文中斷。你們在論文裡完成一個論述後，為了不偏離主軸，會緊接著進入下一個論述，但是在第一個論述最後可以加入註釋，以補充說明某位權威人士也

跟你們持相同意見。[15]

五、註釋可以放大你們在論文中提出的論述[16]：就
這個角度而言，註釋是有用的，可以避免內文太過
龐雜沉重，因為有些觀察固然重要，但是對你們討
論的議題而言屬於枝微末節，或只是換一個角度重
複你們以簡明扼要方式說過的話。

六、註釋可用來修正內文的論述：你們在論述的時
候固然很篤定，但是心裡知道有人與你們意見相
左，或是你們也認為，從某個角度而言，你們的論
述是可以被質疑的。所以增加一個局部簡化的註釋
不僅證明了自己忠於學術，同時也具有批判精神。[17]

七、可以在註釋內提供某段重要外文引用文字的翻
譯，或是為了顧及閱讀流暢度所以採用義大利文翻
譯的引用文字原文對照版。

八、註釋可以用來還債。在註釋裡說明某個句子的
原始出處，是還債。在註釋裡說明某個想法或資訊
來自於某位作者，是還債。不過有時候還必須償還
一些未經明文記載的債務，同時也是為了恪守學術
正確，因此得在註釋裡說明此刻提出的諸多原創想
法是在閱讀某本著作或跟某位學者私下交談時受到

的啟發。

第一、二、三類註釋放在頁尾比較有用，第四、八類註釋則可以放在一章或全書的最後，尤其是篇幅較長的情況下。不過我們得說，**註釋永遠不該過於冗長**，否則就不是註釋，而是附錄了。既然是附錄，就該逐一編號後放在論文最後面。總之，你們要注意統一格式，或是把所有註釋都放在頁尾，或全部集中到每一章後面，要不然就是短註釋放在頁尾，長註釋變成附錄放在論文最後面。

還是再提醒你們一次，如果你們研究的資料性質相同，例如單一作者的著作、日記、手稿、信件或文獻等等，可以不需要借助註釋，只要在一開始就為所有資料出處設定縮寫代碼，加上括號，就可以放入內文。每一個引用文字或延伸閱讀都用縮寫加上頁碼或文獻編號代替。請參考第三章第二

原註15：「所有不是廣為周知的重要事實陳述……應該要以有效證據為本。這部分可以寫在內文裡，或寫在頁尾註腳裡，或兩處都寫。」（康帕紐利、波爾薩里，同上，頁50）

原註16：與論文內容相關的註釋可以用來討論或放大內文的論點。康帕紐利和波爾薩里（同上，頁50）也說可以將技術性討論、附帶評論及額外資訊放到註釋裡。

原註17：事實上，雖然說註釋有用，但是需要進一步釐清，誠如康帕紐利和波爾薩里所言（同上，頁50），「用註釋凸顯論文的嘔心瀝血需要謹慎為之。要注意勿將重要、有意義的資訊放到註釋去，與主題直接相關的想法和基本資訊都應該寫在內文裡。」除此之外，這兩位作者還提到（同上），「每一個頁尾註腳都必須證明它們有存在的必要性。」最讓人惱火的莫過於看到論文中出現為了炫耀而寫的註解，言不及義，對論述沒有任何幫助。

節之三〔3.2.3〕關於經典作品的引述，並注意其用法。如果你們研究的是十九世紀法國天主教神父米涅著作《基督教早期教父拉丁論述文集》中的中世紀作家，在內文中這麼寫：（PL, 30, 231），可以省掉上百個註釋。你們同樣可以在內文中用表格、一覽表或圖解及論文後面的附錄取代註釋。

5.4.2 引述—註釋模式

我們可以將註釋當作論文書目的參考依據。如果內文提到某位作者，或引用了他幾句話，相對應的註釋就會是恰如其分的書目參考依據。這個系統很方便，因為如果註釋放在頁尾，讀者可以立刻知道在談的是哪一部作品。

不過作業流程得重複操作，因為出現在註釋裡的那些著作，還得寫進最後的附錄裡（只有少數例外是在註釋中提到的作者跟論文專業書目毫無瓜葛，例如研究天文學的論文可能會引用這麼一句話：「那大愛能迴太陽且動群星」[18]，註釋便足矣）。

說已經寫在註釋裡的引述著作就不需要再寫進最後的書目裡是錯的。論文最後面的參考書目可以讓讀者對論文作者參考了那些素材一目瞭然，同時可以提供與論文主題相關論述的完整資訊。逼著讀者一頁一頁翻找註釋裡的資料，實在禮貌欠佳。

而且相較於註釋，參考書目可以提供更完整的資訊。舉

例來說，提及某位外國作者的時候，註釋只能提供其著作的原文書名，但是在參考書目裡則可以說明是否有譯本。註釋提及作者姓名時的順序是先名後姓，但是在以字母順序排列的參考書目裡則是先姓後名。其次，如果某篇文章是先在期刊發表，之後才收錄到某本合集，是為第二版。註釋通常只會提及比較容易找到的第二版，也就是包括頁碼在內的合集相關資料，而書目則會優先記錄第一版。註釋會刪減某些訊息，例如副標題，也不會說全書共多少頁，但是參考書目就會提供所有這些訊息。

表十六是有頁尾註腳的論文一頁，對照以相同資訊整理成參考書目的表十七，可以看出之間差異。

要說明的是，這一頁的論文內容乃「量身打造」，以便於提供足夠的不同類型資訊，所以其可信度和概念清晰與否恐怕有待商榷。

還有，為了避免太過繁複，參考書目僅提供了基本資訊，未盡符合第三章第二節之三｛3.2.3｝羅列的完美、完整要求。

表十七可說是標準書目格式，但細節上可以有不同選擇，例如作者姓名可以用大寫，多位作者合著的代號AAVV可以寫在編者後面等等。

原註18：但丁，《神曲》天堂篇第三十三歌，145。

表十六

引述─註釋模式
論文案例

杭士基[1]雖然接受凱茲和福多[2]對語義學原理的詮釋，認為話語的意義是其基本構成元素所有意義之總和，但是他從未放棄深層句法結構是決定意涵的首要關鍵此一說法。[3]

當然，這是杭士基早期的立場，後來他做了更明確的表態。這一點在他早年著作中已見端倪，他還藉由〈深層結構、表面結構和語意學詮釋〉[4]一文對此做了總整理，認為語義學詮釋是介在深層結構和表層結構之間。其他作者如萊考夫[5]等人則試圖建構一套生成語義，認為句法結構是由語義邏輯的形式而來。[6]

---

[1] 想對這方面研究有更完整的認識，請參閱于威（Nicolas Ruwet），《生成語法概論》（*Introduction à la grammaire generative*），巴黎：普隆出版社，1967年。

[2] 凱茲（Jerrold J. Katz）、福多（Jerry A. Fodor），〈語義學理論結構〉（The Structure of a Semantic Theory），《語言》（*Language*），第39期，1963年。

[3] 杭士基（Noam Chomsky），《句法理論綱要》（*Aspects of a Theory of Syntax*），劍橋：M.I.T.出版社，1965年，頁162。

[4] 收錄在《語義學研究》（*Semantics*）一書中，斯坦柏格（D.D. Steinberg）、雅各博維奇（L.A. Jakobovits），劍橋：劍橋大學出版社，1971年。

[5] 〈論生成語意學〉（On Generative Semantics），合著，《語義學研究》，同前引書。

[6] 類似論述另請參閱麥考利（James David McCawley），〈名詞片語由何而來？〉（Where do noun phrases come from?），合著，《語義學研究》，同前引書。

表十七

參考書目
標準模式案例

合著，《語義學研究：哲學，語言學和心理學的跨學科閱讀》（*Semantics: An Interdisciplinary Reader in Philosophy, Linguistics and Psychology*），斯坦柏格（D.D. Steinberg）、雅各博維奇（L.A. Jakobovits）主編，劍橋：劍橋大學出版社，1971年，頁X-604。

杭士基（Chomsky, Noam），《句法理論綱要》（*Aspects of a Theory of Syntax*），劍橋，M.I.T.出版社，1965年，頁XX-252；義大利文翻譯收錄在《語言學論述文集》（*Saggi linguistici*）第二冊，都靈：博林葛耶利出版社，1970年。

───，〈談語言學理論的一些常數〉（De quelques constants de la théorie linguistique），Diogène 51，1965年；義大利文翻譯收錄在《現今語言學困境》合集，米蘭：博皮亞尼出版社，1968年。

───，〈深層結構、表面結構和語意學詮釋〉（Deep Structure, Surface Structure and Semantic Interpretation），收錄於《東方語言學與普通語言學研究》（*Studies in Oriental and General Linguistics*）合集，羅曼·雅各布森（Roman Jakobson）主編，東京：TEC Corporation for Language and Educational Research，1970年，pp.52-79；現收錄於《語義學研究》合集，頁183-216。

凱茲（Katz, Jerrold J.）、福多（Fodor, Jerry A.），〈語義學理論結構〉（The Structure of a Semantic Theory），《語言》（*Language*）第39期，1963年；現收錄於《語言結構》（*The Structure of Language*），凱茲、福多主編，恩格爾伍德克利夫斯：普林帝斯-霍爾出版社，1964年，頁479-518。

萊考夫（Lakoff, George），〈論生成語意學〉（On Generative Semantics），收錄於《語義學研究》合集，頁232-296。

麥考利（McCawley, James David），〈名詞片語由何而來？〉（Where do noun phrases come from?），收錄於《語義學研究》合集（前註），頁232-296。

于威（Ruwet, Nicolas），《生成語法概論》（*Introduction à la grammaire generative*），巴黎，普隆出版社，1967年，頁452。

我們看到註釋比參考書目隨意，不關心提供的資料是否為初版，只著重於讓人可以辨識內文談及的文本，至於完整資料則保留到書目才會出現。只在必要情況下才註明頁碼，不說明該書總共多少頁，也不說明是否有譯本。反正之後有參考書目。

這個系統有什麼缺點？我們看註釋五。這則註釋告訴我們萊考夫的文章收錄在前註提過的《語義學研究》合集。哪一個前註？運氣還不錯，就在註釋四。萬一前註出現在十頁之前呢？要為了方便重寫一次？還是讓讀者自己去參考書目裡面找？遇到這種情況，我們接下來談到的作者—出版年份系統會更好用。

5.4.3 作者—出版年份模式

很多學科（特別是最近幾年）開始採用一種系統，可以省略所有書目資料的註釋，只保留相關討論和延伸閱讀。

這種系統的設定是論文最後面的書目應該要凸顯作者的名字，以及著作或文章的初版或發表年份。所以書目格式可以從下面案例任選其一：

Corigliano,	Giorgio
1969	*Marketing-Strategie e tecniche*, Milano, Etas Kompas S.p.A. (2ª ed., 1973, Etas Kompass Libri), pp.304.
柯里亞諾·喬治	
1969年	《市場策略與技術》，米蘭，艾塔斯·孔帕斯股份有限公司出版（第二版，1973年，艾塔斯·孔帕斯圖書出版），頁304。

CORIGLIANO,　　Giorgio

1969　　　　　*Marketing-Strategie e tecniche*, Milano, Etas Kompas
　　　　　　　S.p.A. (2ª ed., 1973, Etas Kompass Libri), pp.304.

柯里亞諾‧喬治

1969年　　　　《市場策略與技術》，米蘭，艾塔斯‧孔帕斯股
　　　　　　　份有限公司出版（第二版，1973年，艾塔斯‧孔
　　　　　　　帕斯圖書出版），頁304。

Corigliano, Giorgio, 1969, *Marketing-Strategie e tecniche*, Milano, Etas
Kompas S.p.A. (2ª ed., 1973, Etas Kompass Libri), pp.304.

柯里亞諾‧喬治，1969年，《市場策略與技術》，米蘭，艾塔
斯‧孔帕斯股份有限公司出版（第二版，1973年，艾塔斯‧孔帕
斯圖書出版），頁304。

　　這類書目有何用處？可以讓你們在內文提及這本書的時
候，在頁尾註腳裡這樣寫，無需說明上述資訊：

　　研究現存產品時，「樣本規格也必須符合檢驗規
　　定」（柯里亞諾，1969：73）。不過柯里亞諾也同
　　樣表示過，該領域的認定標準乃便宜行事之標準
　　（1969：71）。

　　讀者要做什麼呢？去翻閱論文最後面的參考書目，自然
就會看懂「（柯里亞諾，1969：73）」指的是《市場策略與
技術》一書中第七十三頁。

　　這個模式有助於文本去蕪存菁，可以減少百分之八十的
註釋。而且也可以逼迫你們在撰寫論文的時候，一次性把一

本書的資料謄寫完畢（如果參考書目數量驚人，會有很多書
的資料需要謄寫）。

　　所以這個模式特別適合需要持續引用許多著作或同一部
著作的論文，可以避免瑣碎的「同上」或「同前引書」等小
註釋。在連續提及與議題相關的評論文本時尤其必要。你們
可以看下面這個例句：

　　司徒姆夫（1945：88-100）、李格卜（1956）、亞
　　茲蒙提（1957）、福林波波利（1967）、柯拉齊克
　　（1968）、佛吉伯斯（1972）和基茲比尼厄斯基
　　（1975）都針對這個議題作過廣泛討論。不過巴爾
　　巴佩達納（1950）、傅格扎（1967）和英格拉斯亞
　　（1970）則完全未曾提及。

　　如果每提到一個作者就要寫註釋說明是他的哪本書、說
了什麼，那一頁論文會被註釋以詭異的方式填滿，讀者則目
不暇給，顧不上論文主題的論述和發展。

　　不過採用作者—出版年份模式必須符合下列條件：

　　一、書目同質性高，而且非常專業，潛在讀者對此
　　已有心理準備。假設上面那個案例的主題是兩棲動
　　物的性行為（這個主題應該夠專業），那麼讀者應
　　該能夠一眼就看懂「英格拉斯亞（1970）」是指
　　《兩棲動物的節制生育》這本書（或至少能猜出那
　　是英格拉斯亞近年的研究成果之一，跟他在五〇年

代眾所周知的研究方向不同）。如果你們的論文是研究二十世紀上半葉的義大利文化，會談到小說家、詩人、政治家、哲學家和經濟學家的話，這個模式就不適用，因為沒有人能夠從出版年份猜出你們說的是哪本書，就算讀者能熟知某個特定領域的出版圖書，但他不可能對所有領域都瞭如指掌。

二、書目必須限定以當代為範圍，或至少是最近兩百年的圖書。以希臘哲學為主題的研究論文中，不會以出版年份做為亞里斯多德著作的對應索引（理由無需多言）。

三、書目必須是學術─博學範疇：沒有人會用「莫拉維亞（1929）」來對應《冷漠的人》這本書。如果你們的研究符合上述條件及限制，那麼就可以採用作者─出版年份模式。

表十八跟表十六內容相同，但採用了新模式，你們會發現第一個不同在於內文變短了，而且無需六個註釋，縮減為一個註釋。表十九是與註釋相對應的書目，較表十七略長，但也更清楚。同一位作者的著作依序排列，一目瞭然（若遇到同一位作者兩部著作在同一年出版，會在出版年份後面附加字母作區別），涉及書目內延伸閱讀資料的說明較簡短。

你們會發現在這個書目裡不再使用「合著」（AAVV），所有合集只見主編的名字（事實上「合著，1971」毫無意義，因為符合這個條件的書太多）。

此外，除了記錄被收進合集的文章外，有時候書目也會載入合集資料（放在主編名下），有時候合集資料只出現在跟論文主題有關的詞條裡面。原因很簡單。像「斯坦柏格、雅各博維奇，1971」這樣的合集之所以單獨表列是因為有諸多文章都收錄在內（杭士基，1971；萊考夫，1971；麥考利，1971）。但是凱茲和福多主編的《語言結構》只出現在同樣這兩位作者所寫的〈語義學理論結構〉相關註釋中，因為書目中沒有其他文章跟這本合集有任何關連。

表十八

以作者—出版年代格式改寫表十六

杭士基（1965a：162）雖然接受凱茲和福多（凱茲&福多，1963）對語義學原理的詮釋，認為話語的意義是其基本構成元素所有意義之總和，但是他從未放棄深層句法結構是決定意涵的首要關鍵此一說法。[1]

當然，這是杭士基早期的立場，後來他做了更明確的表態。這一點在他早年著作中已見端倪（1965a：163），他在一九七〇年對相關討論做出總結，認為語義學詮釋是介在深層結構和表層結構之間。其他作者（如萊考夫，1971）等人則試圖建構一套生成語義學，認為句法結構是由語義邏輯的形式而來。（可參閱麥考利，1971）

---

[1] 想對這方面研究有更完整的認識，請參閱于威（Nicolas Ruwet），1967年。

表十九

參考書目
作者─出版年代模式案例

杭士基（Chomsky, Noam）

1965a 《句法理論綱要》（*Aspects of a Theory of Syntax*），劍橋：
M.I.T.出版社，1965年，頁XX-252。（義大利文翻譯收錄在《語言
學論述文集》（*Saggi linguistici*）第二冊，都靈，博林葛耶利出版
社，1970年。）

1965b 〈談語言學理論的一些常數〉（De quelques constants de la
théorie linguistique），Diogène 51，1965年。（義大利文翻譯
收錄在《現今語言學困境》合集，米蘭：博皮亞尼出版社，1968
年。）

1970 〈深層結構、表面結構和語意學詮釋〉（Deep Structure, Surface
Structure and Semantic Interpretation），收錄於《東方語言學與
普通語言學研究》（*Studies in Oriental and General Linguistics*）
合集，羅曼・雅各布森（Roman Jakobson）主編，東京：TEC
Corporation for Language and Educational Research，1970年，
頁52-79；現收錄於《語義學研究》合集，頁183-216。

凱茲（Katz, Jerrold J.）&福多（Fodor, Jerry A.）

1963 〈語義學理論結構〉（The Structure of a Semantic Theory），
《語言》（*Language*）第39期，1963年（現收錄於凱茲&福多主
編，《語言結構》（The Structure of Language），恩格爾伍德克
利夫斯：普林帝斯-霍爾出版社，1964年，頁479-518）。

萊考夫（Lakoff, George）

1971 〈論生成語意學〉（On Generative Semantics），收錄於斯坦柏
格（D.D. Steinberg）&雅各博維奇（L.A. Jakobovits）主編，1971
年，頁232-296。

麥考利（McCawley, James David）

1971 〈名詞片語由何而來？〉（Where do noun phrases come
from?），收錄於斯坦柏格&雅各博維奇主編，1971年，頁232-
296。

于威（Ruwet, Nicolas）

1967 《生成語法概論》（*Introduction à la grammaire generative*），巴
黎：普隆出版社，1967年，頁452。

斯坦柏格（D.D. Steinberg）&雅各博維奇（L.A. Jakobovits）主編

1971 《語義學研究：哲學，語言學和心理學的跨學科閱讀》
（*Semantics: An Interdisciplinary Reader in Philosophy, Linguistics
and Pychology*），劍橋：劍橋大學出版社，1971年，頁X-604。

這個作者—出版年份模式也能讓人立刻看見文本初次出版的時間，即便我們熟知的是後來的新版本。所以此一模式主要適用於資料來源同質性高的特定學科，因為在某些研究領域中，知道誰率先提出了某個理論，或誰率先完成了某個憑經驗進行的研究往往非常重要。

建議採用作者—出版年份模式還有最後一個情況。假設你們打字完成了一篇有很多頁尾註腳的論文，單章註釋甚至多達一百二十五則之多。但是你們突然發現自己漏掉了一位絕對不容輕忽的重量級作者，而且他的名字應該出現在那一章剛開始的地方，於是你們不得不加入這個註釋，然後把其他一二五則註釋全部重新編號！

如果用作者—出版年份模式就沒有這個問題，因為你們可以在內文插入括號，括號內註明作者名和出版年份，再把這個資料加入書目即可。

其實不需要等到論文打字完畢：一邊撰寫一邊編列註釋是很無聊的工作，用作者—出版年份模式可以省下很多事。

如果一篇論文的參考文獻同質性高，那麼最後面的書目可以用各種縮寫代替期刊名、教科書名及研討會論文集名。下面是兩個例子，一個是自然科學領域，另一個則是醫學領域：

Mesnil, F. 1986, Etudes de morphologie externe chez le Annélides. Bull. Sci. France Belg. 29: 110-287.
梅斯尼爾，F.，1986年，〈環節動物外部型態研

究〉，法國比利時生物學報，29：110-287。

Adler, P. 1958, Studies on the Eruption of the Permanent Teeth. Acta Genet. et Statist. Med., 8:78:94.

阿德勒，P.，1958年，〈永久性牙齒萌發研究〉，遺傳紀錄與統計醫學期刊，8：78：94。

別問我那是在說什麼。原則上會看那類出版刊物的人自然知道是什麼。

5.5__提醒、陷阱、習慣

作學術研究工作得用上數不清的巧思，但同樣也有數不清的陷阱可能讓你們身陷其中。這一段受限於篇幅，我們僅略做提醒，大概無法說盡撰寫論文過程中會遭遇的「百慕達」，這些簡短提醒只是希望讓你們知道還有諸多其他危險，需要自行察覺。

眾所周知之事無須提供相關資訊及出處。沒有人會想到要說明「誠如傳記作家路得維希所言，拿破崙逝於聖赫倫那島」，但其實很多人會犯類似的錯誤。我們很容易這麼寫：「馬克思認為，機械織布機開啟了工業革命之門。」但是這個說法早在馬克思之前就被廣為接受。

不要把某作者轉述的他人想法當作這位作者的想法。否則你們不只是不自覺地用了二手資料，而且某作者有可能並不認同那個想法卻被張冠李戴。在我談符號的一本小書中，我曾轉述符號的各種可能區分類別中，有表達性符號和溝通性符號，結果在一次大學實務練習課堂上，我發現有人寫道「艾可認為符號分為表達性符號和溝通性符號」，而我向來主張這個區分太過粗糙，我之所以談及此一看法是為了表達不認同，那並不是我的看法。

不要為了數字編號而增加或刪減註釋。有可能打字完畢（或只是完成了可閱讀手寫稿）的論文不得不刪減一個錯誤的註釋，或必須增補一個新的註釋。這時候，所有排序好的註釋就亂了，如果是分章註釋還好，若是自論文起始到收尾一口氣編寫註釋就比較棘手（前者要修改的是一到十，後者要修改的恐怕是一到一五〇）。為了避免從頭開始改起，你們可能會想要另外增補一個註釋，或刪減一個註釋。這麼想無可厚非。其實若想要增補，比較好的做法是插入'、''、+、++等符號，表示增補。當然這只是補救方法，論文指導老師未必同意。所以如果能夠的話，最好還是重新編號為上。

引用二手資料有一定方法，須注意學術正確準則。最好不要引用二手資料，不過有時候不得不為。有人提出兩個方法。假設瑟達內利引用史密斯所言：「蜜蜂的語彙就蛻變語

法角度而言是可譯的」。第一個案例：我們想著重說明瑟達內利採納了這個看法，那麼我們可以用不那麼講究的方式寫成註釋如下：

註1 C. 瑟達內利，《蜜蜂的語彙》，米蘭，Gastaldi出版社，1967年，頁45（引自C. 史密斯，《杭士基與蜜蜂》，查塔努加，Vallechiara Press出版社，1966年，頁56）。

第二個案例：我們想要說明提出這個想法的人是史密斯，之所以提及瑟達內利是出於良心，畢竟我們在用的是二手資料。所以註釋會這麼寫：

註1 C. 史密斯，《杭士基與蜜蜂》，查塔努加，Vallechiara Press出版社，1966年，頁56（C.瑟達內利引述，《蜜蜂的語彙》，米蘭，Gastaldi出版社，1967年，頁45）。

務必提供關於評註版、修訂版的正確資訊。如果是評註版必須註明，並說明主編者何人。如果再版或新版經過修訂、增補及更正皆須註明，否則有可能把作者於一九七〇年修訂版新增的某個看法當成是他在一九四〇年初版的論述，但是說不定在當年並未有此創見。

引述外文文獻中古代作者資料時須謹慎。不同文化對同

一人會有不同稱呼。法國人稱教宗若望二十一世本名是Pierre d'Espagne，但義大利文不以Pietro di Spagna稱之，而是Pietro Ispano。九世紀哲學家愛留根納的法文名是Scot Erigène，義大利人卻以Scoto Eriugena稱之。如果看到Nicholas of Cues這個英文名字，應該知道所指的是Niccolò Cusano這位神聖羅馬帝國神學家（以此類推，Petrarque和Petrarch分別是佩脫拉克的法文和英文名，Michel-Ange是米開朗基羅的法文名，Vinci是達文西的法文名，Boccace則是薄伽丘的法文名）。英國神學家格羅斯泰斯特（Robert Grosseteste）的義大利文名是Roberto Grossatesta。中世紀哲學家大阿爾伯特（Albert Le Grand或Albert the Great）的義大利文名是Alberto Magno。神秘兮兮的阿奎那（Aquinas）的義大利文名是San Tommaso d'Aquino。英國人和德國人口中的坎特伯雷是Anselm of（或von）Canterbury，義大利文則是Anselmo d'Aosta。千萬別說Roger van der Wayden和Roger de la Pasture是兩位畫家，他們其實都是范德魏登。朱庇特就是宙斯。從法文書抄寫俄文名字的時候要格外留意，不要再把史達林寫成Staline，列寧寫成Lenine，鄔斯賓斯基也不是Ouspensky，而是Uspenskij。城市名也是如此，海牙的義大利文不是Den Haag、The Hague或La Haye，而是L'Aja。

要如何知道數以千計的這些名稱呢？閱讀同一議題不同語言的不同文本，成為粉絲俱樂部的一員。就像所有年輕人都知道「書包嘴」指的是爵士樂之父路易斯・阿姆斯壯，所有義大利報紙讀者都知道「強棒」（Fortebraccio）是馬里

歐‧梅隆尼的筆名。不知道這些事情的人就落伍了，要不然就是鄉巴佬。如果寫論文的人不知道某些事（例如準備論文的人在翻閱了幾篇二手資料之後，決定討論弗朗索瓦-瑪利‧阿魯埃和伏爾泰之間的關係，不知二者其實是同一人），與其說他是鄉巴佬，不如說他是無知。

用五百年（Cinquecento）、**七百年**（Settecento）、**九百年**（Novecento）**代表十六世紀、十八世紀和二十世紀是義大利用法**，外文會直接用XVI世紀、XVIII世紀和XX世紀。如果法文書或英文書中寫到「四百年」（Quattrocento），在義大利文指的是義大利文化的某一個特定時期，而且通常專指翡冷翠的某個時期。不要輕易把其他語言的特殊寫法直接轉換過來。英文的文藝復興（renaissance）一詞所指的時間跟義大利認知的文藝復興時期不同，前者把十七世紀的作家也算了進來。Mannerism和Manierismus容易讓人誤解，但這兩個名詞跟義大利藝術史所說的矯飾主義（manierismo）不一樣。

謝辭。除了指導教授外，如果有人曾給予口頭建議、借予稀珍書籍或曾提供任何協助，都該在論文開頭或結尾處特致謝意。這麼做也表示你們曾向這個人或那個人徵詢過。感謝指導教授乃多此一舉，他幫助你們是他職責所在。

有可能你們表達謝意或致敬的某位學者是你們指導教授憎恨、討厭的死對頭。這是很嚴重的學術事件，而且錯在你們。你們應該信任指導教授，如果他說那個傢伙是白癡，你

們就不該向那人請教。除非你們的指導教授心胸寬大，不介意自己學生向他不認同的人請益，否則他很可能會在論文口試現場讓這件事成為辯論焦點。但是也有可能你們的指導教授是個任性、不可理喻、武斷自負的人，你們不應該找這樣的人指導你們寫論文。

萬一你們認為這位指導教授雖然毛病很多，但可以提供很好的保護傘，所以非找他不可，那麼建議你們維持一貫的狡詐原則，不要在謝辭裡面提到另外那位學者，反正你們已經選擇要跟指導教授當同路人。

5.6__學術驕傲

在第四章第二節之四﹛4.2.4﹜我們談到了學術的謙卑，跟研究方法和閱讀文本有關。我們現在要談的是學術的驕傲，跟寫論文的勇氣有關。

最令人火大的無非是論文作者（或任何一本專書作者）翻來覆去地「未語先道歉」：

> 我們恐怕沒有資格對此一議題議論發言，不過我們
> 還是試著提出一個看法……

你們為什麼沒有資格？你們花了幾個月、甚至幾年的時間研究選定了論文題目，說不定把關於這個議題的所有資料都看完了、想過了、整理了重點，結果最後你們發現自己沒

有資格？那麼你們花這麼多時間做了什麼？既然你們覺得自己沒有資格，就不要把論文交出來。既然把論文交了出來，就表示你們準備好了，不需要多做辯解。因此，你們既然整理了其他人的看法，既然將困難一一呈現出來，既然點出了某個議題很可能還有其他可選擇的答案，就該勇往直前。你們大可以心安理得地說「我們認為」或「咸可認為」。一旦開口說話，你們就是專家。如果發現你們是打腫臉充胖子的假專家，當然更糟，但是你們沒有權利退縮。你們是全人類的言官，以集體之名為那個議題發聲。你們在開口前應該謙卑謹慎，但是一旦開口就該自豪驕傲。

訂定某個議題撰寫論文，是假設在此之前沒有別人對該議題做過如你們這般完整清晰的論述。這整本書都在告訴你們要慎選題目，要有所警覺你們是在諸多限制中做選擇，或許手到擒來，或許眼高手低。但是對你們做的選擇，即便題目是〈一九七六年八月二十四日至二十八日間，摩典納市皮斯卡尼路和古斯塔沃路轉角書報攤販售之報章雜誌探討〉，你們也得是不容置疑的權威人士。

即便你們選擇做編纂型論文，彙整與該議題相關的所有資料，沒有增添任何新意，你們也是研究其他權威人士說過什麼的權威人士。你們比所有人都更清楚知道關於那個議題，大家曾經說過什麼。

當然，你們對於論文的投入和付出必須對得起自己的良心，不過那是另一件事，我們現在談的是風範。切勿自怨自艾、內心糾結，那樣很惹人嫌。

第六章

完稿

.TXT

6.1__排版注意事項

6.1.1 頁緣及空格

　　章名可以靠左對齊，也可以置中。章節按順序編列，前面以羅馬數字標示（之後會說明其他可能性）。

　　空三至四行行距後是靠左對齊的章節標題，標題前有章節編號，隔兩行往下是小項的標題，標題下空三行是內文。每一段開頭須縮排。

　　縮排很重要，可以讓人一目瞭然知曉前一段已經結束，論述在此暫停後再繼續。我們之前說過要勤於分段，但是不應該隨便分段。分段意味著由不同句子組合而成的複合句於語意上已經結束，即將展開另一個論述。就好像我們說話說到某一點，停下來問：「明白嗎？同意嗎？好，那我們繼續。」既然大家都同意了，就可以另起爐灶往下說，這跟分段是同一個道理。

　　一節結束後，跟新的一節之間要空三行。項與項之間也要空三行。

　　你們現在看到這一頁（按：指原書當頁用打字機繕打示範）的行距是兩倍行高，有的論文會留更多行距，因為讀起來比較舒服，因為論文會比較厚，如果有哪一頁必須重打也比較容易。如果是草稿，建議在每一章標題、節標題及項標題之間多空一行。

　　如果論文請專人打字，通常他們會知道如何設定上下左

右的頁緣距離。如果你們是自己打字，記得之後論文要做裝訂，所以需考量裝訂側邊界的空間需求，另一側也要保留一定的空間。

本書固然在談如何寫論文，同時也是排版案例。所以本書會提到專有名詞，以說明該如何處理專有名詞；有註釋，以說明該如何寫註釋；會分章、節、項目，以說明該如何處理章、節和項目分段等。

6.1.2 標點符號

即便都是大型出版社，在處理標點符號、註釋時的方法也不盡相同。論文對這方面的要求也不如準備送印的編輯稿那麼精確。但無論如何還是應該知道相關規則，並盡可能遵循沿用。我們就以本書的出版社內部規定做為主要參考，並佐以其他出版社的不同規則做說明。重要的不僅是認識規則，切忌執行上掛一漏萬更為緊要。

句號和逗號。引用的文字若是完整論述，所有句號和逗號都應該在上下引號內。例如，對於沃爾夫勒姆提出的理論，史密斯有所質疑，不知是否應該認同沃爾夫勒姆所說的「無論從何角度思索，存在與不存在並無二致。」你們看到句尾的句號是在引號裡面，因為沃爾夫勒姆這句話也在此打上了句號。反之，如果史密斯不認同沃爾夫勒姆所說的「存在與不存在並無二致」，句尾句號要放在下引號外面，因為他僅引用了複合句中的單句。逗號也是一樣。如果史密斯在

引用了沃爾夫勒姆「存在與不存在並無二致」的意見後予以反駁，那麼逗號要放在下引號外面。不過如果我們引用的是對話，那麼處理方法就不同：「我認為，」他說，「那是不可能的。」還有，如果句子後面跟著括號，逗號要放在括號後面。所以我們不會這麼寫：「他偏愛五彩繽紛的字句、餘味十足的聲韻，（象徵手法），以及朦朧的律動」，正確寫法是「他偏愛五彩繽紛的字句、餘味十足的聲韻（象徵手法），以及朦朧的律動」。

6.1.3 幾個提醒

開了引號之後千萬記得要關起來。這個提醒看起來很傻，卻是打字時最常見的疏忽之一。引用文字開了頭，卻看不出哪裡是尾。

不要用太多阿拉伯數字。如果你們寫的論文跟數學和統計有關，或是引用明確的數據和百分比，自然無須理會這個提醒。但若是在一般論述中，你們要說那個軍隊有五萬人（而非50000人），或是那部著作有三冊（而非3冊），除非是談及某個書目資料，才會寫「3冊」。我們會說多虧損了十個百分點、某某人六十歲辭世、那座城市在三十公里外。

但是出版年份可以考慮用阿拉伯數字。特別是遇到一連串文獻出版時間、日記頁碼的時候。

你們可以說某個事件發生在十一點三十分，也可以說在11:30進行的實驗中，水位上升了25公分。或是說學號7535、

白花路30號、某本書第144頁。

　　但是下面的情況不能用阿拉伯數字：十三世紀、教宗庇護十二世、第五艦隊。

　　縮寫格式必須統一。可以寫U.S.A.或USA，不過如果一開始用了USA，那麼麻煩之後的縮寫就要維持RAF、SOS、FBI。

　　重讀打字稿！不只是為了更正打字錯誤（特別是外文或人名），也是為了檢查編列的數字有沒有跳號，以及引用的書目頁碼是否正確。以下是必須檢查的項目：

　　內部延伸閱讀：章節和頁碼是否正確無誤？

　　引用文字：是否有完整的上下引號？刪節號、括號、縮排是否格式統一？是否每一個引用文字都寫了註釋？

　　參考書目：是否依字母順序排列？有沒有誤以名字取代了姓氏？是否提供了書目的相關完整資訊？是否某些書的資料比其他書更仔細（例如頁碼、叢書名）？書名是否跟期刊論文標題、章節名有所區隔？每一條書目資料最後有沒有打句號？

6.2__論文最後面的參考書目

　　參考書目必然很長，必須很精確，必須很仔細。關於這一點，我們花了至少兩個章節來談。在第三章第二節之三〔3.2.3〕，我們談到如何記錄一本書的相關資料；在第五章第四節之二及之三〔5.4.2、5.4.3〕，我們談到如何替引述著

作寫註釋，以及如何處理說明引述著作的註釋（或內文）和參考書目之間的關係。你們若回頭翻閱這三個章節，就能找到幫助你整理好參考書目的所有建議。

無論如何，不管註釋寫的多麼鉅細靡遺，一篇論文必須要有最後的參考書目。不能強迫讀者一頁一頁翻找他想要了解的書目資訊。

對某些論文而言，參考書目並非不可或缺的關鍵，但的確是有用的幫手。對其他論文而言（例如研究某個領域的專題文獻，或是某位作者的已發表和未發表作品），參考書目是頗有趣的部分。更別說那些專攻書目研究的論文，例如《一九四五年至一九五〇年間的法西斯研究》，顯然最後面的參考書目不是附帶資料，而是研究成果。

我們還要補充說明如何架構參考書目。以研究英國哲學家伯特蘭・羅素的論文為例，書目可以分為伯特蘭・羅素的著作和談伯特蘭・羅素的著作（當然還可以分出一類是談二十世紀哲學史的著作）。伯特蘭・羅素的著作以**時間順序**排列，談伯特蘭・羅素的著作則以**字母順序**排列。除非論文題目是《一九五〇年至一九六〇年間英國對伯特蘭・羅素的研究》，那麼談伯特蘭・羅素的著作也可以按時間順序排列。

如果論文研究的是法西斯時期的天主教會和國會議員集體缺席亞文提諾廳議事抗議暴力事件，那麼參考書目可以分類如下：國會文獻和議事紀錄、天主教會主導的報紙和雜誌文章、法西斯主導的報紙和雜誌文章、談該抗議事件的著作

（或許還可以再分一類是談義大利法西斯時期歷史的通論著作）。

由上可知，狀況依論文性質而異，關鍵在於整理出來的書目能否區分並區隔第一手資料和第二手資料、嚴謹研究資料和僅供參考素材等等。

換句話說，按照先前幾章所言，建立參考書目的目的是：（一）讓讀者知道所指的是哪一部著作；（二）方便找書；（三）同時展現你們對自己畢業的學科有高度掌握。

展現自己對於畢業學科能高度掌握在於兩方面：予人以自己熟知該主題所有書目資料的印象，並遵循該學科運用參考書目時的慣例。關於後者，可能本書提出的標準模式並不是最適用的，與研究主題相關的批判性文獻資料可以做為參考範本。至於前者（按：原文誤作後者），自然而然會浮現的問題是：參考書目是否只需羅列論文作者參考過的書單，還是所有他知道的書籍文獻資料？

答案顯而易見。論文的參考書目應該只羅列參考過的書單，否則就有欺騙之嫌。不過還是要視論文性質而定。很可能論文研究的目的是把關於某個議題的所有文本都挖掘出來，無論是否全部都看過。那麼論文作者只需要**明確**表示自己並未參考書目羅列的所有著作，或許可以考慮在看過的文本做一個星號。

不過這個做法只適用於在此之前對該議題從未整理出**完整**參考書目的狀況，因此論文作者的工作就是將四散的資料找齊。如果原本已經有完整的參考書目，那麼就請大家去參

閱，僅記錄你參考的著作即可。

書目這部分的可靠度往往取決於你訂定的名稱：參考書目、參考著作、與✕議題相關的參考書目。根據訂定名稱，你們很清楚這些書目可以滿足怎樣的需求，與怎樣的需求無關。如果你們訂定的參考書目名稱是「第二次世界大戰研究之參考書目」，光是三十本義大利文書是不夠的，最多只能寫「參考專書」，其他的就交給上帝吧。

如果你們的書單真的很單薄，至少好好地按照字母順序做整理。有幾個準則：從姓氏開始，不過西方姓名中象徵貴族身分的de或von不算姓氏的一部分，但是大寫的介係詞是。所以義大利詩人鄧南遮D'Annunzio要放在字母D下面，而語言學家索緒爾Ferdinand de Saussure則應該寫成Saussure, Ferdinand de。所以義大利小說家愛德蒙多・德・亞米契斯的姓氏是De Amicis、法國詩人約阿希姆・杜・貝萊的姓氏是Du Bellay，另一位詩人尚・德・拉・封丹的姓氏是La Fontaine。但貝多芬的姓氏是Beethove，名字是Ludwig van。大家必須提高警覺的還有文藝評論文獻中的人名用法。古代作家（到十四世紀為止）要以「名」稱之，看起來像姓氏的其實可能是祖先名，或他的出生地名。

一般性質的論文最後面基本上會有下列分項：

・出處

・參考書目

・關於該議題或該作者的著作表列（或許可以把專

書跟文章區隔開來）

．附帶資料（訪談、文獻、聲明）

6.3＿附錄

有些論文必須要有一個或多個附錄。以你們找到並抄寫
下來的稀珍文本做文獻學研究的論文，自然得將這個文本加
入論文做為附錄，而且說不定這個附錄正是此一研究工作最
讓人刮目相看的成果。研究歷史的論文必然常參考特定的文
獻資料，即使已經出版，也可以做為論文的附錄。研究某條
法律或多條條文的論文自然應該將條文內容放進附錄中（如
果不是唾手可得的常用法律條文）。

如果某個素材資料已經出版，放入附錄中就可以避免在
內文做枯燥的冗長引述，只需內部延伸閱讀即可。

附錄可以放表格、圖表、統計數字，但是若遇到簡短案
例便可直接插入內文中。

一般而言，你們可以把所有會讓內文顯得過於笨重、有
礙閱讀的數據和文獻資料都放到附錄。但有時候持續做內部
延伸閱讀也會令人生厭，因為讀者不得不隨時從原本正在閱
讀的那一頁翻到論文最後面。遇到這種情況，你們應該要懂
得應變，盡量避免在行文中打謎語，把附錄詞條內容簡明扼
要地濃縮後插入內文。

你們如果覺得需要就某個理論觀點發揮一下，但是也
擔心會因為偏離主題打斷論述的進行，就可以把這個觀點寫

在附錄裡。假設你們的論文談的是亞里斯多德的《詩學》和《修辭學》對文藝復興思潮的影響，然後發現我們這個世紀的芝加哥學派以現代角度重新對亞里斯多德大為推崇，如果對芝加哥學派的觀察有助於釐清亞里斯多德跟文藝復興思潮之間的關係，那麼你們應該直接寫在內文裡。但也說不定在獨立出來的附錄裡做更全面的鋪陳，透過這個案例說明不只是文藝復興，包括今天的我們也試著重新展現亞里斯多德的論述，會是更有趣的做法。如果論文是從小說語言學角度出發，研究亞瑟王傳說中崔斯坦這個角色，你們可以另外在附錄中闡述頹廢主義文人，從華格納到湯瑪斯曼，如何處理這個神話故事，這個附錄對論文的語言學研究或許並無直接關聯，但是你們可以展現華格納的詮釋也有其對語言學上的啟發，或是正好相反，認為華格納的詮釋是語言學的失敗案例，建議再做跟深入的思索和探討。我不是很鼓勵做這類附錄，因為比較適合成熟學者，他們可以旁徵博引、一筆帶過各種評論。我之所以提出來是從心理層面出發。有時候，在一股熱情驅使下，研究會走上完全不一樣的方向，甚或是相反方向，而我們會忍不住想要談一談這些內心衝動。把這些衝動寫進附錄裡，可以滿足我們有話想說的欲望，又不違背論文的嚴謹要求。

6.4__目次

目次要記錄論文所有章、節、項的標題，無論頁碼和文

字都不能有出入。這個提醒似乎多此一舉，但是交出論文之前，請務必仔細核對是否全數吻合。

對讀者跟作者而言，目次都一樣或不可缺，能夠讓所有人快速找到某個議題。

目次可以放在開頭或結尾。義大利文書和法文書都放在最後，英文書和大多數德文書則放在開頭。不久前也有幾家義大利出版社開始採用第二種編輯模式。

我認為放在書的開頭比較方便。翻開寥寥數頁後就能看到，如果放在後面需要花比較多功夫才看得到。不過如果決定放在書的開頭，就得真的放在前頭。英國有些出版社會把目次放在前言後面，而且常常放在前言、第一版序和第二版序之後。簡直不可理喻。既然要耍笨不如再誇張一點，放在書中間算了。

另外一個選擇是將名副其實的目次（只有各章標題）放在書的開頭，最後面另外放更詳細的總目次，某些屬於分析性質的書會這麼做。那些在開頭放目次，結尾放分析性總目次的書，通常還會做人名索引，不過論文不需要。只要有完整無誤的分析性目次，放在緊接扉頁之後的論文開頭就很好了。

目次的安排應著重於反映內文，其版面配置自然也不例外。既然第一章第二節是第一章下面的細項，那麼在做對齊設置的時候必須加以凸顯。為了讓大家能清楚理解，表二十準備了兩個目次範例。關於章節編號，可以有不同選擇，包括羅馬數字、阿拉伯數字或文字等。

表二十

（範例一）

查理・布朗的世界

（範 例 二）

查理‧布朗的世界

表二十的目次也可以改用下列方式編號：

A. 第一章

    A.I   第一節

    A.II   第二節

          A.II.1.   第二節之一

          A.II.2.   第二節之二

或是以這種方式編號：

I. 第一章

    I.1.   第一節

    I.2.   第二節

          I.2.1. 第二節之一

以此類推。你們可以選擇其他模式，只要最終版面簡單明瞭、一目瞭然即可。

請注意，標題後面不需要句號。此外，編號應該向右對齊，而非向左對齊：

                    7.

                    8.

                    9.

                   10.

不該是：

                    7.

                    8.

                    9.

                    10.

　　如果採用羅馬數字也是一樣。這是吹毛求疵？不是，是為了版面整潔。你們如果領帶打歪了也會想調正，就算是嬉皮也不會喜歡在自己肩膀上有鴿子糞便。

第七章

結語

.TXT

我想提出兩個觀點做為結語：**寫論文是自娛**，還有，**論文跟殺豬一樣，應該物盡其用，半點都不浪費**。

　　沒有研究經驗、對論文心生畏懼、不知道該怎麼做卻又看了這本書的人肯定嚇壞了。有這麼多規範、指令要遵循，根本無法活著寫完論文……。

　　這不是事實。為了從頭說起，我只好假設讀者對於論文一無所知，其實你們每一個人在閱讀任何一本書的時候，都吸收了不少我在這本書中談到的論文寫作技巧。而我寫這本書無非是為了做一個全面性的提醒，讓你們之中多數人能夠想起早已學會卻不自知的事。就算是一名賽車選手，只有在被要求回想賽車過程中的操作手法時，才會意識到自己是一台奇妙的機器，可以在電光火石的瞬間做出攸關生死的重要決定，因為他不能犯錯。會開車的人很多，因交通事故喪生的人數在合理範圍，意味著絕大多數汽車駕駛都能活下來。

　　重要的是過程中覺得饒富趣味。如果你們選擇的論文題目是自己感興趣的，如果你們決定投入一定的時間寫論文，即便預留的時間很短（之前說過至少要保留六個月），也會覺得寫論文好像在玩遊戲，像跟人打賭，像在玩尋寶遊戲。

　　在尋找某份文獻資料的時候，會有一種狩獵的滿足感；在絞盡腦汁之後找到看似無解問題的解決方案時，會有解密成功的快感。

　　你們要把論文當作一個挑戰賽，挑戰者是你們。你們面對剛開始不知道如何回答的問題，必須在有限的時間之內找到答案。有時候論文像是兩個人的對峙，你們研究的那位作

者不肯吐露他的秘密，你們得哄騙他、誘導他、讓他說出他不想說但不得不說的秘密。有時候論文是一個人的煎熬，你們手上有每一片拼圖，必須讓它們各歸其位。

如果你們帶著玩競技賽的心情寫論文，那會是一篇好論文。如果你們覺得寫論文是無關痛癢的照章行事，興趣缺缺，那麼你們會輸在起跑點上。若是如此，我一開始就說過（別讓我再說一次，畢竟這麼做違法），你們可以找別人代寫，抄襲別人，不要折騰自己的人生，也不要折騰那些幫助你們、閱讀你們論文的人。

你們如果寫得很開心，之後會想再繼續。通常在寫論文的時候心裡只想著寫完的那一刻，想著之後要去哪裡度假。但是如果寫得很順利，論文交出去後的正常現象是突然變成工作狂。想要深入研究之前被輕輕帶過的幾個論點，想要接著探討之前閃過腦中但不得不擺在一邊的想法，還想要再多看幾本書，再寫幾篇論述文。這表示論文啟動了你的智力代謝機制，寫論文是一個正面的經驗。這同時也意味著你們成為研究強迫症患者，有點像電影《摩登時代》裡面的卓別林，即便在下班後仍不由自主地一直想鎖螺絲。你們得費點力氣讓自己踩煞車。

煞車之後，說不定你們會發現自己有與生具來的研究熱情，論文不是拿學位的工具，學位也不是考公務人員特考或滿足父母要求的工具。想要繼續做研究也不代表將來一定得投入大學教職，放棄到手的工作。可以花合理的時間繼續做研究，同時開始工作，而非執著於在大學謀一份教職。一名

優秀的專業人士也需要持續進修。

　　不管你們以什麼方式投入做研究，會發現一篇好的論文是可以物盡其用的好產品。第一個用途是可以從論文中整理出一篇或數篇學術文章，甚或是一本書（經過再加工之後）。過一段時間之後，你們會發現可以從自己的論文中找出值得引用的資料，閱讀卡片也可以再利用，還有最後完稿時沒有放進去的部分素材也可以使用，所有這些對你的第一篇論文而言屬於次要的部分都能在新研究工作開始之際派上用場……。很有可能你們會在十多年後重新回頭看你們的畢業論文，那就像是你們的初戀，難以忘懷。畢竟那是你們以嚴謹認真態度完成的第一個學術成果，可不是無足輕重的小事。

譯名對照及註釋〔各分類下依筆劃順序排列〕

書名

《十九、二十世紀的義大利文學》 *Letteratura Italiana Ottocento Novecento*

《手勢，種族與文化》 [西] *Gesto, raza y cultura* [英]*Gesture , Race and Culture*
 [義] *Gesto, razza e cultura*

《手勢與環境》 *Gesture and Environment*

《史蒂芬英雄》 *Stephen Hero*

《亞里斯多德的望遠鏡》 *Il cannocchiale aristotelico*

《帕爾斯全集》 *Collected Papers*

《阿多尼斯》 *L'Adone*

《思想錄》 *Pensées*

《美學史面面觀與難題》 *Momenti e problemi di storia dell'estetica*

《美麗的約定》 *Le Grand Meaulnes*

《英國的十七世紀主義和馬利諾主義》 *Secentismo e marinismo in Inghilterra*

《哲學文選》 *Grande antologia filosofica*

《哲學百科全書》 *Enciclopedia Filosofica*

《烏特百科大辭典》 *Grande Dizionario Enciclopedico Utet*

《特雷卡尼百科全書》 *Enciclopedia Treccani*

《普世之鑰》 *Clavis universalis*

《視覺心理學》 *Eye and brain*

《評論集》 *La critica*

《義大利文學史》 *Storia della Letteratura Italiana*

《聖多瑪斯‧阿奎那的音樂美學》 *Estetica musicale in S.T.d'A*

《論概念主義》 *Studi sul concettismo*

《論聖名》 *De Divinis Nominibus*

《靈魂交換》 *Mindswap*

出版社

木桐出版社　Mouton

王冠出版社　King's Crown Press

卡尼爾出版社　Garnier

布雷普出版社　Brepols

瓦拉爾第出版社　Vallardi

夸拉齊出版社　Quaracchi

利恰迪出版社　Ricciardi

李佐利出版社　Rizzoli

拉特爾札出版社　Laterza

牧利諾出版社　Mulino

阿法出版社　Alfa

埃伊瑙迪出版社　Einaudi

桑索尼出版社　Sansoni

馬佐拉提出版社　Marzorati

馬里艾提出版社　Marietti Editore

勒布出版社　Loeb

博卡出版社　Bocca

博皮亞尼出版社　Bompiani

博林葛耶利出版社　Boringhieri

普林帝斯-霍爾出版社　Prentice-Hall

普隆出版社　Plon

菲特里內利出版社　Feltrinelli

蒙達多利出版社　Mondadori

魯汶出版社　Louvain

噶爾臧提出版社　Garzanti

盧思孔尼出版社　Rusconi

穆爾西亞出版社　Mursia

人名

四劃

丹尼斯・麥可・史密斯　Denis Mack Smith　英國史學家，1920-2017。

巴雷提　Giuseppe Baretti　義大利文學評論家、作家及翻譯家，1719-1789

巴爾塔沙・葛拉西安　Baltasar Gracián　西班牙神學家、哲學家、作家，
　1601-1658。

巴薩尼　Giorgio Bassani　義大利作家，1916-2000。

毛利　Mauri　義大利軍人，本名是Enrico Martini，1911-1976。

卡瓦爾康提　Guido Cavalcanti　義大利中世紀遊吟詩人，1255-1300。

卡拉瓦喬　Caravaggio　義大利巴洛克畫家，1571-1610。

卡洛傑羅　Guido Calogero　義大利哲學家、作家及反法西斯政治家，1904-
　1986。

卡斯特威特羅　Lodovico Castelvetro　義大利文獻學家及文學評論家，被視為
　亞里斯多德《詩學》研究權威，1505-1571。

卡爾杜奇　Giosuè Carducci　義大利詩人，1835-1907。一九〇六年獲得諾貝
　爾文學獎，是義大利文壇第一人。有鮮明的愛國情懷，歌頌自然和生命。著
　有《青春詩》（ *Juvenilia* ）、《蠻歌集》（ *Odi barbare* ）及長詩《撒旦頌》
　（ *Inno a Satana* ）等。

五劃

司提亞尼　Tommaso Stigliani　義大利詩人、作家，1573-1651。

尼爾森・瑟拉　Nelson Sella　著有《聖多瑪斯・阿奎那的音樂美學》
　（ *Estetica musicale in S.T.d'A* ）。

布扎第　Dino Buzzati　義大利新聞工作者、作家，1906-1972。

弗拉卡斯托羅　Girolamo Fracastoro　文藝復興時期威尼斯共和國維洛那科學
　家、醫生及詩人，1478-1553。

弗洛拉　Francesco Flora　義大利文學評論家，1891-1962。

弗朗茨・博厄斯　Franz Boas　德裔美籍人類學家，1858-1942。

弗瑞　Northrop Frye　加拿大文學理論家，1912-1991。

弗雷德里克・布朗　Fredric Brown　美國小說家，1906-1972。

瓦吉米伊　Manara Valgimigli　義大利語文學者、作家，1876-1965。

瓦拉烏利　Tommaso Vallauri　義大利古典語言學家、政治家，1805-1897。

瓦索利　Cesare Vasoli　義大利哲學史家，1924-2013。

瓦齊　Benedetto Varchi　義大利人文主義者、歷史學家及詩人，1503-1565。

瓦薩里　Giorgio Vasari　義大利畫家、建築師，1511-1574。

皮克洛米尼　Enea Piccolomini　義大利人文主義者、歷史學家及詩人，1405-1464，又稱為教宗庇護二世（Pius PP. II），於1458-1464出任教宗。

皮耶特洛‧羅西　Pietro Rossi　義大利哲學家，1930-2012。

皮耶羅‧德拉‧弗朗切斯卡　Piero della Francesca　義大利文藝復興早期畫家，?-1492。

六劃

伊本‧魯世德　Averroè　伊斯蘭哲學家及科學家，1126-1198。

伊爾杜安　Hilduin　法蘭克王國教士，曾任聖德尼修道院院長，法王虔誠者路易授予巴黎主教之職，775-840。

吉拉爾迪‧欽齊奧　Giambattista Giraldi Cinzio　義大利文藝復興時期小說家、詩人及劇作家，1504-1573。

吉洛‧多弗雷斯　Gillo Dorfles　義大利藝評家、畫家及哲學家，1910-2018。

吉爾伯特‧德拉‧普瓦捷　Gilbert de la Porrée　法國邏輯學家，1085-1154。

吉歐貝提　Vincenzo Gioberti　義大利哲學家、牧師及政治家，1801-1852。

圭多‧摩普格-塔亞布耶　Guido Morpurgo-Tagliabue　義大利哲學家、文學評論家，1907-1997。

圭拉齊　Francesco Domenico Guerrazzi　義大利作家及政治家，1804-1873，義大利復興運動（或稱統一運動）參與者。

朱利歐‧納許貝　尼Giulio Nascimbeni　義大利新聞工作者、作家，1923-2008。

朱瑟培‧孔特　Giuseppe Conte　義大利作家、詩人，1945-至今。

朱瑟培‧宗塔　Giuseppe Zonta　義大利學者，1878-1939。

朵爾伽　Lodovico Dolce　義大利劇作家、語法學家及繪畫理論家，1508/10-1568。

米利茲雅　Francesco Milizia　義大利藝術史學家，1725-1798。

米涅　Jacques Paul Migne　法國天主教神父，1800-1875。

艾利科　Scipione Errico　義大利詩人、劇作家，1592-1670。

艾倫‧金斯堡　Allen Ginsberg　美國詩人，1926-1997。

艾烏哲尼歐‧巴蒂斯提　Eugenio Battisti　義大利藝術史學家，1924-1989。

艾烏哲尼歐‧朵爾斯　Eugenio D'Ors　西班牙作家、藝術史學家，1881-1954。

艾茲歐‧萊伊孟迪　Ezio Raimondi　義大利語文學家、作家及文學評論家，1924-2014。

艾曼努艾雷·特掃羅　Emanuele Tesauro　義大利修辭學家、作家及歷史學者，1592-1675。

西德尼　Philip Sidney　英國詩人、朝臣及軍人，1554-1586。

七劃

伯斯奇尼　Marco Boschini　義大利畫家、雕刻家，1602-1681。

伽齊　Emilio Cecchi　義大利文學與藝術評論家，1884-1966。

伽薩雷·瑟葛雷　Cesare Segre　義大利語文學家、符號學家，1928-2014。

克里普克　Saul Aaron Kripke　美國邏輯學家、哲學家，1940-至今。

克萊因　Felix Klein　德國數學家，1849-1925。

克魯索　Richard Crashaw　英國詩人，1612-1649。

希根　Joseph Segond　法國哲學家，1872-1954。

希爾勒　John Searle　美國哲學家，1932-至今。

李察·葛瑞格里　Richard Gregory　英國心理學家，1923-2010。

貝尼亞米諾·帕拉齊多　Beniamino Placido　義大利新聞工作者、作家、文學評論家，1929-2010。

貝洛利　Giovan Pietro Bellori　義大利畫家，1613-1696。

貝提內利　Saverio Bettinelli　義大利耶穌會士、作家，1718-1808。

辛提卡　Kaarlo Jaakko Juhani Hintikka　芬蘭哲學家、邏輯學家，1929-2015。

八劃

亞伯·亨利　Albert Henry　比利時歷史學家，1907-1981。

亞歷山大·哈勒斯　Alexander of Hales　神學家，1185-1245。

佩雷格利尼　Matteo Peregrini　原文誤寫為Nicola Peregrini，經譯者查證並對照英文版，改正為Matteo Peregrini。義大利理論家，1595-1652。

奈特　Knight　英國作家，應為William Angus Knight，1836-1916。

帕拉維奇諾　Sforza Pallavicino　義大利紅衣主教及歷史學家，1607-1667。

帕爾米羅·托亞蒂　Palmiro Togliatti　義大利共產黨總書記，1893-1964。

帕爾斯　Charles Sanders Peirce　美國哲學家、科學家，1839-1914。

帕維瑟　Cesare Pavese　義大利詩人、作家、文學評論家，1908-1950。

拉法艾雷·拉·卡普里亞　Raffaele La Capria　義大利作家，1922-至今。

明圖諾　Antonio Minturno　義大利詩人、評論家，1500-1574。

法蘭克·克羅伽　Franco Croce　義大利學者，1927-2004。

法蘭奇　Franchi　義大利反共主義者，1915-2000，本名是Edgardo Sogno。

舍尼　Marie-Dominique Chen　羅馬天主教神學家，1895-1990。

阿巴提　Abbati　義大利畫家，1836-1868。

阿多菲‧阿匹亞　Adolphe Appia　瑞士劇場舞台設計師及建築理論家，1862-1928。

阿波羅西歐　Angelico Aprosio　義大利作家、圖書管理員，1607-1681。

阿奎那　St. Thomas Aquinas　義大利中世紀神學家，1225-1274。

阿道夫‧文圖利　Adolfo Venturi　義大利藝術史學家，1856-1941。

阿雷安德洛　Girolamo Aleandro　艾可原文誤寫為Aleandri，經譯者查證改正為Aleandro，義大利紅衣主教及人文主義者，1480-1542。

阿爾沁　Alcuin　英格蘭哲學家、神學家，是卡洛林文藝復興的重要推手，倡導全人教育，735-804。

阿爾菲耶利　Vittorio Alfieri　義大利劇作家、詩人，1749-1803。

九劃

保羅‧羅西　Paolo Rossi　義大利哲學家，1923-2012。

施洛瑟　M. Schlosser　應指Julius von Schlosser Magnino奧地利藝術史學家，1866-1938。

洛可‧蒙塔諾　Rocco Montano　義大利文學評論家，1913-1999。

約翰‧利利　John Lyly　英國劇作家、詩人、散文家，1553/54-1606。

郎多菲　Tommaso Landolfi　義大利作家、文學評論家，1908-1979。

韋托利　Piero Vettori　義大利作家，1499-1585。

韋亞尼　L. Vigliani　推測是指Luigi Viglioglia，化名Gigi Vigliani，義大利藝人、作家，1960-至今。

韋禮克　René Wellek　美國比較文學家，1903-1995。

十劃

埃利希‧奧爾巴赫　Erich Averbach　德國文獻學與比較文學家，1892-1957。

埃爾莫勞‧巴爾巴羅　Ermolao Barbaro　義大利文藝復興時期人文學者，1454-1493。

庫恩　Helmut Kuhn　德國哲學家，1899-1991。

庫爾提烏斯　Ernst Robert Curtius　德國文獻學者，1886-1956。

恩立克‧卡斯特利　Enrico Castelli　義大利哲學家，1900-1977。

恩斯特‧貢布里希　Ernst Gombrich　英國藝術理論家與藝術史學家，1909-2001。

桑圭內提　Edoardo Sanguineti　義大利詩人、作家、學者及政治家，1930-2010。

海因里希‧沃爾夫林　Heinrich Wölfflin　瑞士藝術史學家，1864-1945。

烏利維　Ferruccio Ulivi　義大利作家，1912-2002。

特拉巴爾札　Ciro Trabalza　義大利文學評論家1871-1936。

祖卡利　Federico Zuccari　義大利文藝復興時期畫家、建築師，1539-1609。

貢哥拉　Luis de Góngora　西班牙詩人，1561-1627。

馬利歐‧普拉茲　Mario Praz　義大利作家、文學評論家，1896-1982。

馬利諾　Giovan Battista Marino　義大利詩人，1569-1625。

馬志尼　Giuseppe Mazzini　義大利作家、政治家，1805-1872。

馬里頓　Jacques Maritain　法國天主教哲學家，1882-1973。

馬里歐‧梅隆尼　Mario Melloni　義大利新聞工作者、政治家，1902-1989。

馬拉帕爾泰　Curzio Malaparte　義大利小說家、劇作家、戰地記者，1898-1957。

馬基　Vincenzo Maggi　義大利哲學家，1498-1564。

馬斯卡爾蒂　Agostino Mascardi　義大利文學及歷史學家，1590-1640。

馬爾瓦希亞　Carlo Cesare Malvasia　義大利藝術史學家，1616-1693。

馬爾佐特　Giulio Marzot　義大利文學評論家，1901-1975。

十一劃

偽狄奧尼修斯　Pseudo-Dionysius　西元五到六世紀的基督教神學家、哲學家，生卒年不詳，偽托為狄奧尼修斯撰寫《論聖名》（*De Divinis Nominibus*）在內的多部著作。

康圖　Cesare Cantù　義大利歷史學家、作家，1804-1895。

強法蘭克‧孔提尼　Gianfranco Contini　義大利文學及語文學者，1912-1990。

曼佐尼　Alessandro Manzoni　義大利作家，1785-1873。曼佐尼於一八二七年出版初版本《菲爾摩和盧琪婭》（*Fermo e Lucia*），之後就語言進行調整修飾，於一八四〇年出版定本《約婚夫婦》（*I promessi sposi*）。以十七世紀被西班牙占領的北義大利為背景，描述一對勞工階級的年輕人訂下婚約後，因女方受地方仕紳覬覦從中阻撓婚事，兩人被迫分離，最後惡人死於瘟疫，約婚夫婦才得以重聚。書中對民間習俗、傳統、社會事件多所著墨，是義大利文學史上第一部歷史小說。

梅南德斯‧伊‧佩拉尤　Marcelino Menéndez y Pelayo　西班牙文學評論家、歷史學家，1856-1912。

十二劃

傅尼葉　Alain-Fournier　法國作家，1886-1914，最著名作品為小說《美麗的約定》（*Le Grand Meaulnes*）。

傅魯格尼　Francesco Fulvio Frugoni　義大利詩人、作家及傳教士，1620-1684。

傑克‧凱魯亞克　Jack Kerouac　美國小說家、詩人，1922-1969。

勞倫斯‧費林格蒂　Lawrence Ferlinghetti　美國詩人，1919-至今(?)。

喬凡‧巴蒂斯塔‧安德烈伊尼　Giovan Battista Andreini　義大利演員，1576-1654。

喬凡尼‧傑托　Giovanni Getto　義大利文學評論家，1913-2002。

喬凡尼‧甄提雷　Giovanni Gemtile　義大利哲學家、教育學家，1875-1944，自詡為唯心主義論者，認為唯一真實是自我意識。義大利百科全書學院創辦人之一，曾任法西斯政府教育部長。

喬納森‧柯恩　Jonathan Cohen　英國哲學家，1923-2006。

喬爾玖‧桑唐傑羅　Giorgio Santangelo　義大利文學史家，1917-1997。

提拉伯斯奇　Girolamo Tiraboschi　義大利文學評論家，1731-1794。

斯卡利傑羅　Giulio Cesare Scaligero　義大利哲學家，1484-1558。

斯培洛尼　Sperone Speroni　義大利文藝復興時期劇作家、學者，1500-1588。

普洛普　V. Y. Propp　蘇聯形式主義學者，1895-1970。

普羅提諾　Pl tínos　古希臘哲學家，被尊為新柏拉圖主義之父，203-270。

森茨伯里　George Saintsbury　英國作家、歷史學家，1845-1933。

湯瑪斯‧A.‧西比奧克　Thomas A. Sebeok　匈牙利裔美國語言及符號學家，1920-2001。

華特‧司各特　Sir Walter Scott　蘇格蘭歷史小說家，1771-1832。

萊奧帕爾迪　Giacomo Leopardi　義大利哲學家、詩人、散文家，1798-1837。

費利伽‧卡瓦洛　提Felice Cavallotti　義大利劇作家、詩人、政治家，1842-1898。

費魯丘‧羅西-蘭蒂　Ferruccio Rossi-Landi　義大利哲學家，1921-1995。

費諾尤　Giuseppe Fenoglio　義大利小說家、劇作家、翻譯家，1922-1963。曾在二次大戰加入游擊隊，創作多以游擊隊為背景。其中《游擊兵強尼》（*Il partigiano Johnny*）被譽為義大利二十世紀最重要的游擊文學作品，於一九八六年由出版社整理兩份內容互異的遺稿後出版，兩份手稿都沒有開頭，也都殘缺不全，對編輯過程中的篩選取捨，義大利文壇始終有不同看法。

雅克・馬里頓　Jacques Maritain　法國哲學家，1882-1973。

雅納克　Carmine Jannaco　義大利學者，1913-1980。

十三劃

塔皮耶　Victor-Lucien Tapié　法國歷史學家，1900-1974。

塔索尼　Alessandro Tassoni　義大利詩人，1565-1635。

奧古斯托・顧佐　Augusto Guzzo　義大利哲學家，1894-1986。

瑟尼　Bernardo Segni義　大利歷史學家，1504-1558。

瑟利奧　Sebastiano Serlio　義大利文藝復興時期建築師，1457-1554。

葛拉維納　Gian Vincenzo Gravina　義大利作家、法學家，1664-1718。

葛蘭西　Antonio Gramsci　義大利左派思想家，1891-1937。

詹巴蒂斯塔・維柯　Giambattista Vico　義大利修辭學者、政治哲學家，1668-1744。

達孔納　Alessandro D'Ancona　義大利作家及評論家，1835-1914。

達尼洛・多爾奇　Danilo Dolci　義大利詩人、社會學家、社會運動者，1924-1997。

雷翁內・阿拉齊　Leone Allacci　神學家，1586生於希俄斯—1669卒於羅馬。

雷蒙・德・聖阿爾賓　Pierre Rémond de Sainte-Albine　法國歷史學家，1699-1778。

十四劃

嘉達　Carlo Emilio Gadda　義大利作家，1893-1973。

徹薩羅提　Melchiorre Cesarotti　義大利詩人、作家、語言學家，1730-1808。

甄提雷　Giovanni Gentile　義大利哲學家，1875-1944。

福斯科洛　Ugo Foscolo　義大利詩人、作家、革命家，1778-1827。

維拉尼　Nicola Villani　義大利詩人、評論家，1590-1636。

蒙塔雷　Eugenio Montale　義大利詩人、散文家，1896-1981，1975年諾貝爾文學獎得主。

豪瑟　Arnold Hauser　匈牙利作家、藝術史學者，1892-1978。

赫爾穆特・哈茨費爾德　Helmut Hatzfeld　德國作家，1892-1979。

齊亞貝拉　Gabriello Chiabrera　義大利詩人、劇作家，1552-1638。

齊默爾曼　Robert von Zimmermann　捷克哲學家，1824-1898。在世當年捷克為奧地利帝國領土，因此書中稱為奧地利哲學家。

十五劃

劉易斯　C. I. Lewis　美國邏輯學家，1883-1964。

德・桑提諾　Francesco De Sanctis　義大利文學評論家，1817-1883。

德拉・沃培　Galvano Della Volpe　義大利哲學家，1895-1968。

德爾尤　Ermanno Dervieux　義大利學者，1865-1947。

歐文・潘諾夫斯基　Erwin Panofsky　德國藝術史學家，1892-1968。

歐庇茲　Martin Opitz　日耳曼詩人，1597-1639。

鄧・亨利・浦雍　Dom Henry Pouillon　原文作Dom Henry Pouillon，應為Dom
Henri Pouillon。

魯奇亞諾・安伽斯基　Luciano Anceschi　義大利哲學家、文學評論家，1911-
1995。

魯道夫・阿恩海姆　Rudolf Arnheim　德裔美籍心理學家，1904-2007。

盧布拉諾　Giacomo Lubrano　義大利耶穌會士、詩人、作家，1619-1693。

十六劃

穆拉托利　Ludovico Antonio Muratori　義大利歷史學家，1672-1750。

霍克　Gustav René Hocke　德國文化史學家、作家、新聞工作者，1908-1985。

鮑桑葵　B. Bosanquet　英國哲學家、政治理論家，1848-1923。

十七劃

戴爾・海姆斯　Dell Hymes　美國社會語言學家、人類學家，1927-2009。

十八劃

薩培鈕　Natalino Sapegno　義大利文學評論家，1901-1990。

薩維尼歐　Alberto Savinio　義大利作家、畫家、音樂家，1891-1952。

魏爾倫　Paul Verlaine　法國詩人，1844-1896。

十九劃

羅伯特・海萊恩　Robert A. Heinlein　美國科幻小説家，1907-1988。

羅伯特・謝克里　Robert Sheckley　美國科幻小説家，1928-2005。

羅伯特洛　Francesco Robortello　義大利文藝復興時期人文主義者，1516-
1567。

羅貝托・隆吉　Roberto Longhi　義大利藝術史家，1890-1970。

羅馬佐　Giovanni Paolo Lomazzo　義大利畫家、藝術理論家，1538-1592。

羅斯塔尼　Augusto Rostagni　義大利語文學者，1892-1961。

龐德　Ezra Pound　美國詩人，1885-1972。

二十四劃

讓・盧瑟　Jean Rousset　瑞士文學評論家，1910-2002。

其他

卡爾塔尼塞塔　Caltanissetta　義大利西西里島城市名。

列日學派　Groupe μ　始於1967年的比利時學者群體，以Groupe μ名義共同發表修辭學及符號學著作。

完形心理學　Gestal Psychology

亞歷桑德里亞　Alessandria　義大利北部城市名。

帕里庫廷火山　Paricutín　位於墨西哥中西部。1943年2月20日一處田地突然冒出岩漿，一天之內形成火山錐，持續噴出火山灰長達九年，至1952年3月4日才停止。

社會計量矩陣　sociometria

持續抗爭　Lotta Continua

國立布拉伊登瑟圖書館　Biblioteca Nazionale Braidense

義大利文化休閒協會　Associazione ricreativa culturale italiana

團結報　Unità

精英教育　università di elite

維克多派　Victorines　中世紀時期主張以字意法解經的巴黎聖維克多修道院僧侶。

Knowledge 009

如何撰寫
畢業論文
──
給人文學科研究生的建議

國家圖書館出版品預行編目（CIP）資料｜如何撰寫畢業論
文──給人文學科研究生的建議｜安伯托‧艾可（Umberto
Eco）著；倪安宇 譯--一版--｜臺北市；時報文化，2019.5，
296面；13×21公分（Knowledge；009）｜譯自：Come si fa una
tesi di laurea: Le materie umanistiche｜ISBN 978-957-13-7740-7
（平裝）｜1.論文寫作法｜811.4｜108002992

COME SI FA UNA TESI DI LAUREA by Umberto Eco
Copyright © Giunti Editore S.p.A. / Bompiani, Firenze-Milano
First published under Bompiani imprint in 1977
www.giunti.it
www.bompiani.it
Complex Chinese edition copyright © 2019 China Times Publishing
Company
All rights reserved.

作者	安伯托‧艾可（Umberto Eco）
譯者	倪安宇
主編	湯宗勳
特約編輯	羅悅然
美術設計	陳恩安
執行企劃	王聖惠
董事長	趙政岷
出版者	時報文化出版企業股份有限公司
	108019 台北市和平西路三段二四〇號七樓
	發行專線｜02-2306-6842
	讀者服務專線｜0800-231-705｜02-2304-7103
	讀者服務傳真｜02-2304-6858
	郵撥｜19344724 時報文化出版公司
	信箱｜10899台北華江橋郵局第99信箱
時報悅讀網	www.readingtimes.com.tw
電子郵箱	new@readingtimes.com.tw
法律顧問	理律法律事務所 陳長文律師、李念祖律師
印刷	勁達印刷有限公司
一版一刷	二〇一九年五月三日
一版七刷	二〇二四年四月十九日
ISBN	978-957-13-7740-7
定價	新台幣四二〇元

PRINTED IN TAIWAN

時報文化出版公司成立於一九七五年，並於一九九九年股票上櫃公開發行，
於二〇〇八年脫離中時集團非屬旺中，以「尊重智慧與創意的文化事業」為信念。